AQUARIUS

AQUARIUS

AQUARIUS

AQUARIUS

Vision

一些人物，
一些視野，
一些觀點，
與一個全新的遠景！

莊子在車上

當念哲學的攝影師開起計程車

郭定原◎文字・攝影

【推薦序】

完美的在場與不在場

文◎**姜泰宇**（《洗車人家》作者）

「生活中的人在找路，影像中的人在找路，札記中的人在找路。大家都在找路。一邊走一邊迷失，一邊找到。」——張照堂

這世界上就缺一雙發現的眼睛。攝影師之眼就是觀景窗，這個世界所有事物在他們眼裡重新鋪排，同樣的東西被框成完全不一樣的構圖，帶著難以言說的濾鏡。偶爾，連鏡頭裡的這些人那些人，都被重新調度了。我經常懷疑同樣的一雙眼，是不是有人的世界（視界）就是與我這般尋常人不同。

但我不是他們，我不知道他們看見的世界。於是他們也不是我們，該如何陳述這樣紛亂卻有著莫名秩序的世界？

那麼，就把夢到的蝴蝶，或者被蝴蝶夢到的自己，安置在車上吧。

當車內後視鏡成了一格又一格的觀景窗，當那些來來去去的人們在短短路程中無意或者有意披露出來的人生風貌，在文字中被定格，被理解也被帶著哲思的眼睛捕捉了。莊周夢蝶，誰是蝶？又是誰夢到了誰？

每個人都在趕路，而搭載這些趕路的人，我們會叫他們擺渡人。我甚是害怕那種過度渲染的情緒，此岸至彼岸，至多幾個小時的光景，要濃烈到讓人呼吸不過來，這個鏡頭語言就太接近擺拍了吧。還好，郭定原不僅僅是個司機，他明白這些人的故事沒有太多深究的可能，只有字裡行間，只有片面破碎的、容易被略過的那些細微表情。不擺拍，我們如實呈現。他們是蝴蝶而作者也有翅膀，短短的篇幅容納了太多又太多。

必須看到最後。

一個又一個小故事層疊推進之下，我終於明白郭定原要說什麼。他們是趕路的蝴蝶，卻太少人意會到擺渡人才是最經常趕路的那一個。叫車平台來訊了，趕路。老客人臨時用車，趕路。想上廁所了，非得趕路。就在一次又一次奔波之中，客人不想找路，擺渡人找。一邊走一邊迷失，如同攝影家張照堂所說的，一邊找到。

我是幸運的，可以在一幀又一幀的畫面中將這些精彩瞬間細細品嚐。擺渡人凝視趕路者的生活，而生活凝視著閱讀的我們。這種凝視是極富奇趣的，絲毫不拖泥帶水也不矯情，沒有什麼刻意讓人感動的瞬間。感動是你觀賞之後的事，而攝影師給你的，是他眼中的世。這個世可能浮躁，可能多采多姿，可能是你從未聽聞的。對於世界的關注，卻不當成茶餘飯後的消遣，困難至極。
或許就是哲思吧！讓郭定原的文字猶如其照片，細節上有一種巧妙的瞬間，卻不願意過度鋪張（曝光）。在車上的，會不會其實不是被蝴蝶夢見的莊子，其實是翩翩飛舞的蝴蝶呢？

我必須坦承我最喜歡的一篇，是〈自由的行業〉。郭定原說，計程車司機是自由的行業，想來便來想去便去。什麼是自由？其實，客人乘車需求備註了「趕時間」後，自由就變成一種哲學。是想休息就休息的自由，抑或跑這一趟之後獲取的報酬，才是讓自己的生存獲得真正的自由？
看完這篇，我回頭看篇名，想了又想，被車上的莊子擊倒了。這故事並不煽情，但車上的那一通女乘客與孩子的通話，簡單、凝聚又節制。不知為何，讓我整個胸口都熱熱的。自由的行業，自由的定義在那瞬間崩塌又重啟。

該如何說出對生命的熱愛？是不斷挖掘不斷掏空，還是一種冷靜地思索加上發現的雙眼？我來猜猜郭定原對於生命的思索，雖然很片面，雖然僅是透過這本精彩的作品。但我很想說，這種熱愛是一種逮捕。
每一個需要被留下的瞬間，便逮捕它，不留情面地。然後透過自己的觀景窗重塑，帶著讓人莞爾的幽默，冷靜看待的忠實，對於這個世界的不斷提問，於是攝影家成了小說家，藝術家也是思想家，但並不參雜過度的調味料以及大火烹飪，以其綿長悠遠的視角輕聲跟你說。

「嘿，你們最近好嗎？」
「請問到哪裡？」
「走這條路好嗎？」

相較於過度擺放姿勢的作品，我更喜歡這種專注的凝視。人生沒有太多驚天動地、鬼哭神嚎的轟轟烈烈，能夠恆久撫慰人心的，其實只是生命的一個瞬間。身為一個在場，卻經常得假裝不在場的計程車司機；身為一個不知道是自己做夢，還是正被夢著的攝影師，這個世界還是充滿著愛的。
這種熱愛，不一定是經過漫長的構圖調度，而是一種偶爾會失焦，偶爾卻用淺焦搭配長鏡頭去框定主題。這種門廊式（doorways）的敘事風格與取景手法，雖然故事是當下，卻讓讀者身不由己被牽引至回憶之中。

這就是所謂「在車上的莊子」。一個在場與不在場之間，緩慢地、富有幽默地、節奏感很強地將這些過客給你看。
別找路了。也許你迷失，一邊走一邊看，然後他會幫你找到。因為他有一雙發現的眼睛，而我們，在這些故事裡面，發現更多。

【推薦序】

安靜的理解

文◎**王村煌**（薰衣草森林董事長）

「你為什麼要去開計程車？」第一次聽郭定原提起這件事時，我這樣問他。

他笑了笑，說：「為了生活，還能繼續創作，所以選擇開計程車。」他沒說太多，但這個答案卻讓我久久難忘。

活在這個時代，「選擇」已是一種奢侈，而奢侈地「選擇孤獨」，更需要勇氣。

郭定原用他的人生，緩慢地走出一條很窄、很深的路。他是一位攝影師，鏡頭對準外在自然風景，拍出內心的靜謐與淡漠；後來他開起計程車，用文字取代鏡頭，側寫人間眾生百態，在城市裡照見靈魂。

作為薰衣草森林的經營者，我常思考一個問題：「怎麼看待人與自然之間的距離？」

這些年下來，我發現，真正的距離不在城市與山海之間，而在人與人之間。真正難以跨越的，不是地理的遠方，而是人心深處的理解。

《莊子在車上》用最溫和的方式，傳透這種理解。

在書裡，你會看見一個社會的縮影——有學生、有移工、有少男、有老婦，有怨偶的交鋒，也有醉漢的嘶吼。他們平凡無奇，卻真實得無可逃避。每一篇故事都讓他們從滾滾紅塵中鮮明地浮現，成為一個個被理解的人。

而這本書的文字，做到了莊子的姿態——逍遙而不放縱，自在而不逃避。作者在每一場載客的路程中，凝視人性；在每一段靜默的相逢裡，生出理解。

我推薦你讀這本書，並且一篇一篇地慢讀。它不只是一本書，更是一面應而不藏、照見人心的鏡子，是城市裡極為稀有的一種「安靜的理解」。

我們都需要被理解，更重要的是，我們願意理解別人。

【自序】

相忘於江湖

郭定原

《莊子在車上》這本書是因為開計程車衍生出來的，所以得從回答「為什麼選擇當計程車司機？」這個問題開始。

我大學就讀東海哲學系，簡單來說，哲學是以人生為思考對象，探究人生追尋什麼？是物質的，還是精神的？是入世參與，還是出世逍遙？哲學家的思考過程憑藉文字進行，並透過文字傳達給他人。相較於圖像，文字與人的距離是比較疏遠且受限的。德國近代哲學家維根斯坦曾說：「語言（文字）的邊界，就是思考的邊界。」人生中有太多難以言詮的體會，因此禪宗才會主張「不立文字、直指人心」。圖像與文字的差異，在於圖像能跳過解讀，直入人心，從而達到溝通作用。

一九九七年大學畢業後我開始拍照，寄望以圖像傳達對人生的思考。最初幾年，我拍攝的題材種類繁多，有風景攝影、紀實攝影、舞台攝影等。我不確定自己想表達什麼，同時也不清楚自己擅長表達什麼。經過幾年的摸索，才逐漸把想表達的理念與擅長拍攝的類型結合起來，最終選擇了稱為「心象風景」的攝影創作。

「心象風景」是攝影者將內在主觀心境，透過被拍攝的風景傳達給觀眾。大學時，我深受禪宗與老莊思想影響，禪宗的開悟解脫、老子的大象無形、莊子的逍遙淡漠，我把這些哲學境界融入風景攝影，使創作過程帶有類似宗教修行的儀式感。當我獨自旅行拍攝風景時，心情不像旅遊攝影那般悠閒，氛圍也不同於攝影團拍的熱鬧，反而更像一名獨行僧，往來於天地山水之間。

二〇一四年冬，我前往北海道，用三個月時間拍攝雪景。隔年秋天出版《雪》攝影集，並舉辦展覽。雖然自己對這個系列的作品很滿意，銷售情況卻不理想，售出的作品幾乎全是親友捧場，攝影集甚至連印刷費都無法回收。現實的挫敗讓我對攝影創作感到疲憊，但這次挫敗只是最後一根稻草。從最初的《窮極》，到《蒼茫》、《淡漠》，再到最後的《雪》，我一直在收入難以支撐生活的窮困中踽踽前行。

在進行《雪》的出版與展覽時，我已開始拍攝《空寂》系列。這個主題以城市空景為對象，與過去聚焦於自然風景大不相同。然而，《雪》的挫敗讓我對新主題產生疑慮，如果觀眾對作品傳達的信念不感興趣，那麼投注時間與精力於其中，究竟有何意義？這簡直是一件對人無益、對己有害的傻事。加上十多年來，幾乎三分之一的人生都處在獨自拍照的封閉狀態，日久難免產生麻痺心態，相由心生，長此以往，也只會拍出麻痺、缺乏感動的作品。

二〇一六到一七年間，我深陷迷茫，甚至考慮轉行。然而，「功虧一簣」這句成語像跑馬燈般在腦中反覆閃現，我夾在想放棄卻心有不甘；想繼續又力有不足的兩難之間。

後來，我偶然看到《菲利普．葛拉斯12樂章》這部紀錄片，菲利普．葛拉斯（Philip Glass）是美國現代作曲家，也是低限音樂的代表人物之一。剛出道時，他的音樂不被主流聽眾接受，所組的樂團只能在公園、藝廊等非正統音樂場所演出，且不斷受到觀念保守的聽眾嘲諷與反對。這樣的演出自然很難賺錢，導致他在四十一歲前，無法靠作曲維持生計。為了謀生，他從事長達十年以上的水電工和計程車司機——下午開計程車，半夜回家後繼續作曲。有一次，一位女乘客在葛拉斯的計程車後座看見司機的名牌，主動對他說：「年輕人，你知道你的名字跟一位作曲家一模一樣嗎？」

為什麼葛拉斯會選擇當計程車司機？他的答案是——開計程車是一份不會影響創作、同時又能賺錢的工作。不被主流接受、不影響創作，而且可以賺到錢，這三點完全切合我當時的處境。於是，開計程車便成了人生進退兩難間的緩衝與權宜之計。《莊子．山木篇》中描述，莊子穿著補丁的破衣服、用麻繩綁著的破鞋去見魏王。魏王問他：「先生，您為何如此落魄呢？」莊子回答：「我這是貧窮，不是落魄。」我想，理念不被主流接受且為貧窮所困的莊子，如果穿越時空來到當代，以他崇尚自由的性格，開計程車大概也將是他最理想的職業選擇吧！

孔子說：「同歸而殊途。」攝影與開計程車雖然是殊異的專業領域，對我而言，兩者卻有著相同的本質。乘客於我，彷彿是被拍攝的風景，攝影者不會干預風景，能做的只有專注等待「決定性瞬間」的到來。我就像赫曼．赫塞《流浪者之歌》中的擺渡人，將乘客從此岸送往彼岸。我極少主動與乘客聊天或探詢對方的私事，多數時候，他們靜靜地聽著音樂，直到抵達目的地下車，然後各奔陌路，彼此相忘於江湖。這些日復一日的常態中，偶爾也閃現短暫交會、互放光亮的時刻。我以文字代替相機，定格這些飛鴻踏雪般的相逢。

每一次相逢，都是一小片拼圖，最終拼湊出計程車內的人生百態——出獄後發現情人另結新歡的黑道男人、喝了酒決定與丈夫攤牌離婚的女人、因父親病危焦急趕往醫院的兒媳……這些看似平凡的生活故事，其中的悲歡離合、喜怒哀樂，卻引領我們凝視永恆的人性。而這正是每位攝影者努力追求的目標——將紛雜表象下隱藏的純粹本質，透過照片顯影而出。

先前提到我的風景攝影具有宗教儀式性質，這趟孤獨旅程宛如與人間隔絕的閉關修行，但閉門練功終究得回到人群中檢驗功力，開計程車讓我得以在相刃相靡的風吹幡動中，審視流轉不止的心境。

我想起一個禪宗故事——有位老太婆蓋了一座廟，供養一名和尚二十年。某日，她想檢驗和尚的修行功力，於是找來一位二八佳人，趁送飯時抱住和尚，問他感覺如何？和尚回答：「枯木倚寒岩。」意思是少女的肉體有如枯木，倚靠著像顆冰冷岩石的和尚。老太婆聽完後說：「我二十年只養出一俗漢！」隨即將和尚趕出去，並把廟燒了。

如今，我將自己從封閉的創作中趕出去，把廟燒了，藉由開計程車，重新回到有情人間。

Chapter 1　乘物以遊心

Chapter 2 翱翔蓬蒿間

Chapter 3 莊周夢蝴蝶

Chapter 4 曳尾於塗中

Chapter 5 虛己以遊世

Chapter 1

乘物以遊心

我怕你跑了

早上在金典酒店載到一個男人，高瘦模樣，戴著口罩。他說要先到忠明路的銀行，再去龍井理想國。於是我在台灣大道路邊暫停，讓他下車。

等候期間，我想起某部電影裡的情節——

劫匪搭計程車搶銀行，司機在不知情的情況下成為共犯。

不會讓我遇上了吧？

幾分鐘後，男人從銀行門口飛快朝計程車跑來。我緊張地望著他身後，生怕有警衛追出，我就得踩油門逃之夭夭了。

當他打開車門時，銀行裡仍不見動靜，我猜想警衛也許被他幹掉了，用滅音手槍之類的武器……

他在後座坐定、氣喘吁吁地拔掉口罩，我不敢看他的臉，電影裡凡是看到劫匪長相的，都會被滅口。

「先生，你用跑的是趕時間嗎？」我眼睛盯著前方，故作輕鬆地問。

「不是，我手機放在車上忘了拿，我是怕你跑了！」

春光乍洩

在火車站前排班，來了名年輕警察。

「麻煩請你下車。」警察從右邊降下的車窗對我說。

我關掉正看著的電影，下車走到警察旁邊。

「知道我為什麼找你嗎？」

「不知道，因為今天是愚人節嗎？」

警察沒笑，這下我也笑不出來了。

「有民眾投訴你在車裡看A片。」

「看A片？我沒看A片哪！我在看王家衛的電影。」

「電影拿來我看一下。」

我趕緊退出光碟片，交給警察。

「《春光乍洩》？又是春光又是洩的，看起來就像A片的名字。」

警察盯著光碟封面說。

「電影名字雖然比較煽情，但不代表就是A片啦！」我真是冤枉得想跳河以示清白了。

「你把電影播來我看看內容。」警察說。

倒楣的是，電影開場不到一分鐘，梁朝偉與張國榮就在床上happy together（爽在一起）。這下，我是跳河也洗不清了。

「兩個男人脫光光幹那種事情，你還說不是A片？」警察專注地看著車上的小螢幕說。
「這兩個男人不是普通男人，他們是梁朝偉和張國榮，很多年前愚人節跳樓的港星張國榮，你應該知道吧？」我澄清說。
警察又認真地看了影片，確定我所言不假，然後告誡如果再被投訴，還是要依規定處理，這次就暫不追究。

「謝謝，我以後不會在計程車裡看A片……我是說，看《春光乍洩》了。」

其實不能怪投訴我的民眾，當年念大學時，我也曾很有道德感地去課外活動組投訴電影社利用學校視聽設備播放A片。

那時電影社播的是《索多瑪120天》。

幹恁娘咧

學校側門的超商前，一名穿制服的高中生招手攔車。我停下來，此時超商旁小巷內另一名已經換好便服的高中生走出來，把菸丟在地上踩熄，小跑步到車旁，兩人先後上了車。

「幹恁娘咧！白痴喔，老師都走過來了，你還拿菸給我，是想害死我嗎？」制服男說。

「幹恁娘咧！誰白痴？我又沒看到老師走過來。別怕啦！又不是被教官抓到，而且我們只是拿出來，還沒抽，有小鳥不代表就是強姦犯好嗎？」便服男說。

「幹恁娘咧！最好是啦。萬一老師跟教官告狀，你敢這樣講，保證我們都會被記過。」制服男說。

「幹恁娘咧！講就講，怕什麼？哪像你，平常那麼囂擺，剛才縮得跟隻龜一樣。」便服男說。

「幹恁娘咧！我是給老師面子，這樣老師也會給我面子。做人要互相，你懂不懂？」制服男說。

「幹恁娘咧！你這麼懂，怎麼還怕老師去告狀……」便服男說。

兩人就在不斷問候彼此老母的對話中，從香菸危機一路聊到電玩，甚至偷開老爸的賓士350轎車出門。話題雖幾經轉換，卻始終不忘繼續問候彼此的老母。

後來我明白了，每個年代的語言意義都會轉變。以前我們認為的髒話，到這一代已經演變成純粹發語詞了。

「幹恁娘咧！……欸，運將，這邊停車就好。」轉過新時代廣場後，便服男突然喊停車。

「幹恁娘咧！車資是一百七十元。」雖然我很想這麼說，好跟他們打成一片。但這句發語詞，我就是怎麼也說不出口。

所謂的代溝，或許就是這樣形成的吧。

比娃娃機好賺

週三下午，天氣很好，計程車生意很差，閒到站在路邊看他夾娃娃。

他投入十元硬幣，黝黑的鐵爪朝著可愛娃娃奔去、垂落，抓住她的屁股與胸部，彷彿無法掌握她豐滿胴體的重量，鐵爪晃動了一下，隨即力不從心地鬆開，落空而回。

於是，他又投入十元硬幣。

因為很閒，閒到我用馬錶測了他投幣的間隔，11.68秒。計程車跑高速公路時，計費表都沒跳這麼快。

我看著他把換來的五百元硬幣全部投完。隔著壓克力玻璃，他盯著娃娃發呆了一會，接著從側背包拿出透明夾鍊袋，倒光裡面剩餘的零錢，延續這場短暫的歡愉。

躺在娃娃機裡的動漫娃娃早坂愛，睜大水汪汪的眼睛微笑看著他，彷彿在說：「就這樣……你要離我而去了嗎？」

終究，他還是棄她而去，騎上後座載著Uber Eats保溫箱的摩托車走了。十來分鐘，他花了六百元吧？不知道要送多少張訂單才能賺回來。

轉身回到車上，發現擋風玻璃夾了一張違規停車的罰單。警察十來分鐘賺了我九百元，利潤比娃娃機還要高。

禮讓行人

重賞必有勇夫，重罰則有懦夫。

自從立法重罰「駕駛不禮讓行人」後，每次開車經過斑馬線，都像踏進地雷區般心驚膽戰，深怕一不留神，就被六千元的罰單給炸了——那可是等於白做兩天工啊！

今晨上班交通繁忙時刻，開車接近斑馬線時，瞥見一個女子站在斑馬線邊緣的白枕木上。這種寬度僅容一輛車的單線道，如果硬闖過去，肯定避不過禮讓行人的安全距離。我立刻在斑馬線前緊急煞車，後方傳來尖銳的喇叭聲。

我降下車窗，揮手示意女子趕緊過馬路，她卻看著我遲疑不前，而我也不敢貿然穿越，擔心交通警察就躲在附近伺機而動。於是雙方僵持在路口，陷入膠著場面。

後方的喇叭聲按得又響又長，沒多久，後車駕駛下了車衝過來——一個右臂上有老虎刺青的男人，憑窗俯身對我大罵：

「幹恁娘！啊你綠燈是停落來欲從三小？」

我來要錢的

下著小雨，通往火葬場的斜坡上杳無人煙。一輛加長型黑色賓士禮車停在入口對面的路邊，車頂上金色佛陀瞇眼凝視，雙掌交疊端坐不動，雨水順著祂的臉頰滑落。

我開門下車，葬儀社的鐵皮屋內傳來沉緩的誦經聲。入口處左右，像標兵似的站立著兩個白色花圈，花圈中間寫著「痛失英才」與「哲人其萎」。

走進屋內，招待桌後坐著一男一女。男人穿黑襯衫、黑長褲、黑皮鞋，見我進來立即起身，說了句：「請跟我來。」我跟在他身後往禮廳走去。

禮廳盡頭，幾個人圍著桌子摺蓮花。經過靈桌時，領我進來的黑衣男示意我停下。一個約莫四、五十歲，滿臉鬍鬚的男人向我走來。

「請問您的大名？」鬍鬚男問。

「我姓郭，我是……」話還沒說完，黑衣男已經把點好的香交到我

手上。

「大哥，郭先生來看你了，請你在天之靈保佑他平安健康、事業順利……」鬍鬚男對著靈桌上的遺像說。遺像裡的男人對著我微笑，他看起來比鬍鬚男年輕許多，一臉前程似錦的感覺。我俯首三拜，黑衣男接過我手上的香。

「郭先生，謝謝你來祭拜我哥哥，你說你是？」鬍鬚男問。

「我是計程車司機，剛才有位年輕人，下車時說要進來拿車錢，我等了幾分鐘，他卻沒出來。」

鬍鬚男彷彿沒聽懂我的話，表情停滯了幾秒，然後轉頭朝裡面大喊：「阿國！阿國……」

「在廁所，等一下……」裡面的人回答。

迷霧桃花源

深夜載客到大度山上的遊園北路。

回程遇上濃霧，感覺車子轉過彎，就會闖入桃花源，不知有漢，無論魏晉。

結果沒有，最後我衝出迷霧，竄入逢甲夜市，滿街盡是盯著手機、咬著雞排的現代人。

不用錢的

接近中午，載客到豐原。乘客下車後，我看見不遠處有一間自助餐店，門前大排長龍。心想，自助餐也能變成人氣美食，功力應該不同一般。於是我把車停在路邊，跟著排隊。

雖然隊伍綿延好幾家店面騎樓，不過移動速度倒是滿快的。這種排隊店家，最怕店員慢手慢腳，讓顧客等到頭頂生煙。不消幾分鐘，我已經從隊尾慢慢排到前面，身後又補上一列長龍。

這家自助餐店低調得連招牌都沒有，牆上貼了幾張佛教活動的海報。三名員工在餐檯後分工明確，一人負責盛飯，一人負責裝三樣配菜加一樣主菜，最後一個歐巴桑負責銷售。菜色一般，選擇有限，看不出這家店的玄機在哪。

「能選菜色嗎？」站在便當盒整齊疊放的餐檯前，我問。

「不能選，都很好吃，快點隨便拿一個，後面還很多人在等。」歐巴桑說，她頭也不抬地將不斷送來的便當盒折蓋，套上橡皮筋。

難怪速度這麼快，這家店對自己的菜餚也太有自信了。

我從眼前三疊便當盒中，隨便拿了一個，問：「**在這裡付錢嗎？**」

歐巴桑停下手邊的工作，抬起頭看著我說：「**付錢？付什麼錢？這是愛心便當，不用錢的。**」

誰說天下沒有白吃的午餐？

有錢也坐不到

傍晚放學時間，開車經過雙十路，一群中學生不約而同地向我招手，算算有七、八個人之多，但我的車最多只能擠進六個人，我慢慢靠邊停車，這群學生全部往我的車子快步走來。

供不應求，賣方主宰的市場，就像民歌〈雨中即景〉裡面唱的，計程車生意特別好的尖峰時段，你有錢也坐不到。

我心裡盤算著：到底要不要讓他們全都上車？這麼多人，應該加收一點車資；要不然，就讓搭車距離最遠的先上車，依循獲利最大化的經濟學法則；或者……讓漂亮的女學生優先──**「拜託最帥的司機哥哥先載我啦！公車上那麼擠，遇到色狼人家會害怕。」**正值荳蔻年華的小美女，也許會這麼語帶嬌憐地央求。我雖不否認自己算得上帥，但要說「最帥」就言過其實了，畢竟金城武、梁朝偉都讓我自嘆不如。再說，叫我「哥哥」也未免太矯情，以我的年紀，當爸爸都綽綽有餘了。

心裡還在舉棋不定時，忽然後方車輛鳴了一聲喇叭。而當這群學生經過我的車子，卻沒有聽見車門被打開的聲音。

我正納悶著，後方車輛愈發急促地鳴了兩長聲喇叭，我有點生氣地轉頭去看，一輛公車緊貼在我的車後，那群學生擠在緊閉的公車門邊，等著上車。

XPERIA XZ2
極致Sony・盡在你手
積木創意中心
聖緹雅
時尚診所
0932516815
藝家人
專業整外團隊
04-2255-8787
禁行機車
SKECHERS
D'Lites

不要載你

現在手機的計程車叫車程式，乘客可以註明搭車需求，好讓司機避開乘客的忌諱。由於這類需求多半以「不要⋯⋯」開頭，因此我稱它們為「**不要需求**」。

以下，是我看過最盛大的「不要需求」，出自一名女乘客之手——不要交談、不要音樂、不要菸味、不要舊車、不要香精、不要龜速、不要急煞、不要繞路、不要開窗、不要搶黃燈、不要催我上車、不要定位不準、不要亂按喇叭、不要經過喪家、不要一直看導航、不要任意變換車道、不要跟在垃圾車後面、不要從後照鏡瞄我（估計是個美女）、不要偷聽我講電話（不然要滅了我嗎？）。

相比之下，我的「不要需求」就簡單多了，只有一條——

不要載你。

傷心大飯店

「司機，我們要去『傷心大飯店』。」年輕乘客中，一個男孩說。

傷心大飯店坐落在偏僻荒涼的崇德重劃區，遠遠望去，雜草叢生的空地上，有一棟孤零零的建築，兩側立著惺忪欲睡的鵝黃路燈。飯店正面，一格格房間從窗簾縫隙透出微弱的光線，彷彿低聲的嘆息。

大門口的行李員，有著歷經滄桑、看盡繁華的平靜神情；櫃檯接待小姐的眼神深邃，彷彿能容下山高的悲傷。房間內為每個傷心而來的旅客備好了忘情水與無憂枕。

「司機，是『雙星大飯店』啦！他的國語爛透了。」車上另一個女孩說。

「哪爛透了？我小學還參加過油尖旺區的國語演講比賽呢！」男孩不服氣地說。

他們在新時代廣場前下車，最後一名乘客關上車門時，也把滂沱大雨與車輛喇叭聲隔絕在外。車內只剩《2046》配樂裡驚雷般的擊鼓聲，以及疾駛遠去的火車警鈴聲。

你的車很乾淨

「你的車很乾淨。」女乘客說。

「謝謝。」最近乘客都是稱讚車內播放的音樂，第一次有人稱讚車內的空間。

「是我在金典酒店坐過那麼多計程車中，第二乾淨的。」她說。

（居然輸給另一名司機！）

「像這樣乾淨整潔多好。有的計程車，又是掛佛珠，又是擺神像，弄得像移動廟宇似的，就差沒放個箱子讓人捐香油錢了。」

「哈哈！」我乾笑兩聲。

「有個司機還在後車窗台上擺了一隻金蟾蜍，就是那種瞪著兩顆大眼珠子、嘴巴咬著方孔錢幣，腳踏金元寶的蟾蜍。車子震動時，它的頭還會跟著搖晃。我一直盯著它，擔心如果緊急煞車，它會飛到我頭上來。」**（我想像那隻蟾蜍停在她頭上的樣子。）**

「另外一個司機，也在金典排班，他的車身貼了奇怪的文字，頭髮留得比你還長。」**（居然又輸了！）**

「有一次，我不小心坐上他的車，車裡擺了香爐燒香，味道怪怪的，我很怕會被煙味熏昏，兩手緊抓車門，做好隨時跳車的準備。」

「像你這樣乾淨整潔多好，沒有多餘的雜物，沒有奇怪的味道。以後我還會坐你的車。」下車前她又說了一次。

她描述的那輛車身貼著奇怪藏文的計程車我見過，只是沒看過司機，下次排班遇到了，我就把車丟著去搭他的車一探究竟。

高手在民間，這位頭髮比我長的司機，或許是入世的藏傳高僧，亦未可知。

嘿嘿！Taxi你開往何處？

記得有一首歌的開頭是這樣，但也只記得這樣了。

大概是忘了

傍晚，從大遠百上來兩個女子。從她們的對話得知，其中一個住台北，來台中與同車的好友聚餐（暫且稱她們為台北女與台中女好了）。

台中女說：「我們要去公益路的無老鍋。」

車行途中，台北女忽然說：「司機，你播的音樂我也有，可是我忘記歌者的名字了。」

「泰瑞莎．薩蓋蘿。」我說，「她曾在台北國家音樂廳開過演唱會。」

「對啊，就是她！」台北女點頭稱是，「她以前是個樂團的主唱，團名我忘記了，好像跟宗教有關。」

「聖母合唱團，他們的音樂並沒有宗教屬性，但確實有撫慰心靈的功能。」

台北女說：「其實我也聽不懂歌詞在唱什麼，我曾在一部電影裡看

過這個樂團的演出，電影名字忘了，導演非常有名。」

「應該是《里斯本的故事》，導演是溫德斯。」

台中女插話：「你怎麼知道這個合唱團體的？」

「某任前女友介紹給我的。」

台北女說：「怎麼我那些前男友就沒人介紹過任何音樂給我呢？」

台中女說：「那是你遇人不淑啦！」

台北女說：「司機，你懂好多。」

「因為我那些前女友每個都懂很多，她們最後都跟懂更多的男人在一起去了。」

下車前，台北女拿了我的名片說：「吃完飯要去高鐵站時，再打電話跟你叫車。」

後來她沒打，我猜她大概是忘記了。

空車
空車
空車
高鐵特約車隊

15548
空車
15530
15579
空車
15741
高鐵特約車隊

放鬆的好所在

週六下午，兩個酒足飯飽的男人從九號碼頭餐廳上車，要去美村路的好樂迪KTV唱歌。

途中他們不停打電話約人，但似乎效果不彰。畢竟，陽光燦爛的週末午後，沒人閒閒在家待命等著被徵召，經過一番徒勞的遊說，掛斷電話後，兩人顯得意興闌珊。

「兩個查埔郎唱歌無意思。規氣我取你去一個足讚欸所在，好好仔輕鬆一下。」甲男說。

「啥米所在？」乙男問。

「薰衣草，敢有去過？」

本來略帶睡意的我，聽到「薰衣草」三個字，睡意一掃而空。新社的薰衣草森林，車資九百、一千跑不掉，可是筆不小的進帳。

「無去過，真欸足讚呢？」乙男有點懷疑。

「真的很讚喔！」不等甲男回答，我立刻見縫補上一句，到嘴的鴨子可不能讓它飛了。

「薰衣草我以前常去，氣氛佳、服務又好，我跟薰衣草的老闆很熟。」我繼續敲邊鼓加溫。

「司機你是內行郎！我嘛尬薰衣草欸頭家真熟，逐擺去，伊攏親身為我服務，有夠舒適欸啦。」甲男附和。

「那按呢，咱就來去薰衣草看覓咧！」乙男被我們說服了。

「司機，你定去薰衣草，應該毋免尬你報地址吧？」甲男說。

「不用，去新社薰衣草的山路只有一條，一直走就到了。」我高興地回答。

「啥米山路？進化北路哪有山路？」

「你不是要去薰衣草森林嗎？」我疑惑地問他。

「是薰衣草理容啦！啥米森林？去森林是欲看猴咻？」甲男不悅地回答。

（P.S.森林的老闆我很熟，理容的老闆我不熟。）

300

北 NORTH
苗栗
Miaoli
南 SOUTH
彰化
Changhua
04-2287-8888

不拿白不拿

長安醫院前，一個中年男子上車，身穿汗衫、短褲、拖鞋，右手拿著藥袋，左手提全聯的白色大塑膠袋，一副剛逛完市場的模樣。

我按下計費表，車子剛起步，男子突然喊一聲：「哎呀！」

我立刻煞車，他急忙打開塑膠袋看了一眼，抬頭說：「司機，麻煩你等我一下。」

於是，他把藥袋扔在座位上，開車門就朝醫院跑去。

沒多久，他從大門跑了回來，上車時左手仍提著全聯塑膠袋，右手多了一瓶可口可樂胖胖瓶，喘著氣說：「可以開車了。」

我問他：「東西忘了拿嗎？」

「不是，我回去裝冰開水。一樓大廳的飲水機缺水，我跑到二樓才裝滿。」他說完，又補了一句：「醫院的開水不用錢，不拿白不拿。而且醫院賺那麼多，不會在意我裝了一瓶水。」

我看了一眼計費表，在他離開的這段停等時間，車資已經從八十五跳到一百零五。待會他下車時要是發現這瓶免費的水，反而多花了二十元，肯定會不分青紅皂白給我一顆星評價。

我默默把計費表歸零，重新按表啟動。

早知道他去裝水，就請他順便幫我把水壺裝滿——反正醫院賺那麼多，不會在意多裝了一壺水。

替身支援

上車的男生說要先去校門口接人，再到高鐵站。

在校門口轉角等了幾分鐘，不見要接的人，男生撥通電話，詢問對方的位置。

忽然間，我以為自己眼花了——車上的男生一邊講電話，一邊從人行道走過來。他拉開右後車門上車，我轉頭看，後座坐了兩個長相幾乎一模一樣的男生。

「怎麼樣？一切順利嗎？」左邊男生問。

「我三十分鐘就寫完了，拖到有人交卷才跟著交。考的都是些電腦的基本知識，你好歹也自己念一點，期末考別再叫我來了。」右邊男生說。

「這是你的專業，你當然覺得簡單，我是聽你說，懂電腦對求職有利才去選修這門課的，否則我根本用不到。如果我還得懂電腦，你們這些資訊系的畢業後要做什麼？」左邊男生反駁。他接著問：「沒人發現你不是我吧？對了，考卷上有簽我的名字嗎？」

「幹咧！我會那麼白痴簽自己的名字嗎？還有，這次你要幫我出理髮費，都是為了配合你，我才剪了這麼矬的髮型。」右邊男生邊說邊撥弄自己很矬的頭髮。

「哪會矬？徐志摩留的就是這種髮型，女生愛他愛得要死。」左邊男生說。

「那篇〈蘭花亭序〉的期中報告你趕快幫我寫，還有那個聯誼認識的女生，跟你同學系的，你看訊息怎麼寫能感動她。」

「是〈蘭亭集序〉吧！你好歹也讀點中國文學基本知識。」左邊男生說。

到了高鐵站，像按重播鍵似的，右邊男生先下車，接著他的「複本」也跟著下車。如果不是上衣還有區別，簡直分不清誰是誰。

訊息可以代寫，約會說不定也可以代打。面臨告白親吻的關鍵時刻，會不會越俎代庖、假戲真做呢？真羨慕這種有替身支援的魔術人生。

Chapter 2

翱翔蓬蒿間

人生還要繼續

「你知道嗎？從去年底開始，我就不敢自己開車了。」

在文心路一家糕餅店的停車場，後座的女乘客忽然這麼說，她的先生正在店裡買伴手禮。

「開車挺危險的，馬路上一堆橫衝直撞的天兵，你不撞人，也不能保證不會被撞。」我有感而發地回答。

女乘客中斷對話，我透過玻璃窗望進店裡，一名店員正向她先生介紹產品，比手畫腳、表情生動。

「去年年底，我獨自開高速公路⋯⋯」女乘客重新開口，我把視線從玻璃窗移到後照鏡。

「從三義往台中經過一個很長的下坡，當時是晚上，又飄著細雨。等我留意時，車速已經超過一百二了。你知道接下來發生什麼事嗎？」她的語氣平靜，像在問我昨天的天氣如何。

「輪胎打滑嗎？」我倒是有點替她緊張。

「對啊！結果擦撞到橋上的水泥護欄，車燈、後照鏡、鈑金全毀。那次車禍後，我就不敢再開車了。」她說。

「啊，人沒事就好，真是不幸中的大幸。」我安慰她。

「可是，有一件事沒有人知道。」

她看著後照鏡中的我，眼神像條隱形的繩索，拉住了我。我別無選擇，成為第一個知道的人。

「在撞車前的瞬間，我把眼睛閉上了。並不是因為疲勞，而是覺得……沒辦法再繼續了。」

繼續什麼？開車嗎？還是她的人生？我沒有問，怕掀開潘朵拉的盒子。

「我不敢開車，不是害怕車子失控，而是害怕無法控制自己……」

此時，店員雙手各提了一大袋禮盒，跟著她先生走出來。我趕緊下車，開啟後車廂的門。

「不好意思，讓你久等了，送禮真是麻煩。」女乘客的先生一上車就嘆了口氣。

「沒關係，我們正在聊開車很危險這件事。」我說。

「對啊，一堆不守交通規則的馬路三寶，誰碰上誰倒楣。」女乘客的先生附和著說。

女乘客微微一笑，沒多久，車子駛上快速道路。她看著窗外倒退的路燈，閉上了眼睛。

這容易嗎？

台中火車站排班的計程車很多，站前只夠停四輛空車，其他計程車得先進入地下停車場，等站前的車載客離開後，地下停車場的計程車才按先後順序上去遞補。

我進到地下停車場跟著緩緩繞了一圈，終於爬上地面，排在最後。

一個拖著大行李箱的婦人從最前方的計程車逐一詢問，最後找上我。

「先生，可以載我去三民路嗎？前面的司機沒人肯載我！」

這個操外省腔口音的婦人，提著大行李，要去一個基本費八十五元就能到的地點，沒有司機願意載她是可以理解的。

我載了她。在車上，她接到電話，電話裡的男人口氣凶惡地問她到底在哪裡？

我趕緊出聲：「馬上就到了。」

她掛掉電話後，不知道對我還是對自己說了一句：「我一個新移民，這容易嗎？」

下車時，她再三向我道謝。

每個人的生活都不容易，各有各的辛酸與無奈，在我能力所及範圍內，希望可以讓別人的生活，容易一點。

工業區驚魂記

夜裡回家路上，兩名年輕移工攔車，上車後一股濃烈古龍水味道直衝駕駛座而來。其中一名說要到大里工業區石斧路三十三號，我對大里不熟，查估狗地圖沒看到這條路，再問一次，還是石斧路。本打算放棄載他們了，但那人拿出愛瘋手機秀地圖給我看，說：「Here，石斧路。」

我恍然大悟，問：「Road fifteen（十五路）？」

他看著我說：「Yes, you speak English?」

我回答他：「Yes, a little.」

一路上，他們不知道是用哪種語言交談，也不知道在說什麼，到達目的地時，愛瘋男指著前方要我繼續開，這種不知道要開去哪的情況，讓我有些緊張。

週日夜裡，工業區安靜而詭異，我心想：不會上工一週就被幹掉吧？——新聞畫面裡，美麗女記者神情亢奮地報導著：「**新手計程車司機陳屍工業區廢棄廠房！**」鏡頭轉到地上覆蓋白布的我，這將是我人生首度上電視，但卻不是我期待的亮相方式。我在心裡反覆練習「I have no money, I am very poor, I am like your brother」這幾句求饒的台詞。

為了全身而退，別說稱兄道弟，要我叫爺爺我都願意。

硬著頭皮繼續往前開，終於來到一處有移工聚集的鐵門前，愛瘋男說：「OK, here.」我簡直像小學生聽到老師宣布下課一樣欣喜萬分。

車資一百七十元，另一名沒跟我說話的年輕人拿了兩百元付錢，我低頭找零時，他已經先下車了，愛瘋男說「Keep change」後跟著下車。我手裡捏著三十元銅板，望著他們的背影一時語塞，然後才對著已關上的車門說了「Thank you」。

如果沒來開計程車，我將永遠用刻板的偏見誤解這群異鄉人。恐懼保護了我，卻同時讓我將人性往最黑暗處定錨！

固定的客源

開計程車兩週後，我有了第一個固定客源。

下午在火車站排班，後面駛來一輛台灣大車隊的計程車，一對移工情侶下車後便往車站走去。那輛計程車沒有留下來排班，離開後由一輛個人計程車補上空缺。

沒多久，這對移工情侶匆忙跑回來，男移工敲了後面那輛個人計程車的玻璃窗沒人回應，便擅自開後車門俯身找東西。

「喂！你從三小？」個人計程車司機在不遠處抽菸，拉開嗓門大喊。

男移工轉頭用國語回答：「女朋友手機掉了。」

司機說：「恁毋是坐我欸車來，莫烏白找。」並走過來把車門鎖上，然後用譏諷的語調說：「連家己坐啥米車來攏毋知，有夠白目欸！」

男移工似乎被激怒了，瞪著司機說：「可以不要再講了嗎？」司機感受到他的怒氣，便悻悻然走開了。

剛好我昨天去參加台灣大車隊招募司機的說明會，有下載車隊的叫車程式，於是我幫他們聯絡客服，正在撥打電話時，那輛計程車又回來了，司機下車把手機還給他們。

女移工找回手機，臉上愁容頓時消散，她不斷向送還手機的司機和我道謝。

其實我沒有幫上忙，司機不是我叫回來的。

他們又往車站走去。

過了十幾分鐘，男移工獨自從站內出來，走到我車旁，指定要搭我的車，雖然前面還有四輛排班車。

在車上，他說自己從泰國來台灣工作已經十幾年了，女友是印尼人在台北工作，每週都會來看他。她手機裡有印尼親友的電話號碼，如果掉了就無法和家鄉聯絡，所以很緊張。擅自開車門是自己不對，但他已經向司機解釋、道歉了，對方不需要用那種態度對待他。四、五個司機在那裡，只有我願意幫他們。

下車前，他拜託我每週六到火車站接他女朋友。於是，我有了第一個固定的客源。

妖獸的愛情

假日很難不到火車站前的東協廣場。即使原本不在那裡，但不管移工從哪裡上車，目的地幾乎都是東協廣場。

中午幾個移工在東協廣場下車後，開沒多遠一個阿伯路邊攔車。他一上車就咒罵：「有夠妖獸！東協廣場全部攏予外勞占去啊，咱這款政府不知是咧從啥米。我佇火車內，有一半欵乘客是外勞，說嘿毋知是啥米烏魯木齊欵話，幹恁老師咧！」

我沒答話，我不太理解移工跟妖獸、政府、烏魯木齊、老師之間的關聯。對於不理解的事情，我選擇保持沉默。

下午又回到東協廣場。一名矮瘦、黑臉的男移工趨近車窗。他胸前黑色T恤上繡著龍頭S形龍身，跟著他的黑臉一起探入車內，把手機裡的門牌照片拿給我看，問車資多少。我估算後向他報價，他便走到稍遠處牽來一個女孩，拜託我載她到照片上的地址。

他拉著女孩的手，不知對她說哪一國的語言。女孩用手背擦眼淚、頻頻搖頭。她穿著藍色連身牛仔裙，衣袖裡伸出兩隻細瘦的手臂，彷彿被擰乾了水分。男孩一手搭著女孩的肩膀，一手撫摸她垂耳的短髮，額頭貼著額頭，輕聲安慰著她。

或許我們會理所當然地認為，這幕愛情戲應該由湯姆．克魯斯與潘妮洛普・克魯茲來分飾男女主角，滿足世俗對俊男美女的想像。然而，它卻奇幻地在阿伯所咒罵的東協廣場，由兩個卑微的異鄉人真情演出。

阿伯所謂的「妖獸」，其實和我們一樣，都是有血有淚的人。

回程途中，女孩睡著了，她平靜的臉上，眼睛周圍揉出了兩團黑影，獨自坐在後座，身形顯得更加柔弱。

我看著女孩走入巷弄的背影，心裡默聲對男孩說：「請你放心，我已經把她平安送到目的地了。」

爸爸的心情

早上，幾名移工在路邊攔車，說要去社頭——一個我這輩子從沒去過的地方。好像那裡應該住著講奇怪語言的外國人，結果只是隔壁彰化縣的一個鄉鎮。
途中，車裡播著Air Supply的〈The Power of Love〉，其中一名移工跟著哼唱。我問他喜歡Air Supply嗎？他說小時候爸爸常播他們的歌。想想如果自己早點結婚生子，兒子應該也像他這麼大了。因為人生缺乏參考坐標，還以為自己跟他是同一輩咧。

到目的地時，跳表一千零二十五元，我算他們一千元。那名年紀可以當我兒子的移工說，上次另一名司機收了他們一千五百元，搞不清是我賤價破壞了行情，還是那名司機敲他們竹槓。
但如果我有兒子在異鄉工作，我會希望他遇到的陌生人都能善待他。即使從沒當過爸爸，我也能設想這種心情。
隔天，接到那名移工電話，請我去社頭載他們回台中。我才移動一個十字路口，他又來電說朋友們決定搭火車，最後連聲向我致歉：「老闆，對不起，真的對不起。」

我相信，他爸爸教會了他對人該有的禮貌。

我要尊嚴

夜裡，上來了兩個女人。一關上車門，車內立刻被令人窒息的香水味所淹沒。

先上車的女人留著小波浪短髮，臉上化淡妝，穿黃色運動外套。後上車的女人一頭筆直濃密長髮，身穿露肩粉色毛衣、及膝短百褶裙，臉上濃妝厚得像重複刷過幾層的油漆，但仍隱約看得出兩頰的塊狀黑斑。

「昨天晚上你得罪鄭老闆，害我被龍哥臭罵了一頓，你知道嗎？」坐在我身後的女人開口了。

「你昨晚放假不在場，不知道那隻豬有多過分！他當著那麼多客人的面摸我的胸部⋯⋯」她忽然頓了一下，彷彿察覺到車裡有個不相干的第三者正盯著她的胸口，於是壓低聲音說：「他還伸手進來想脫我的胸罩！」

我趕緊目視前方，假裝沒有聽見。接著，她恢復原來的音量：「我本能地推開他，是他自己沒站好摔倒的，不是我的錯。」

「我們靠賣酒賺錢，客人喝醉，腳來手來是很正常的事，不然你以為他們是來聊天談心的嗎？你在那麼多客戶面前讓鄭老闆難堪，他的臉要往哪裡擺？再說，你也不先知會龍哥就直接離開店裡，讓別人替你收爛攤子，這點就連我都無法認同。」短髮女人說。

「那個鄭老闆每次都借酒裝瘋，身上一股汗臭味不說，小費又給得很不爽快，我已經忍他很久了，賺錢需要這麼沒尊嚴嗎？」長髮女人說。

「要尊嚴，為什麼不去當老師？況且，現在當老師都得看學生臉色了。你以前有丈夫養，想怎樣有尊嚴是你家的事，如今你要養活自己，還得養一個小孩，別再跟我說什麼尊嚴。以你的年紀，怎麼跟二、三十歲的年輕小姐拚？我費了很大力氣才把你弄進來，為了尊嚴，你要讓我下不了台嗎？」短髮女人說。

長髮女人沒有回應，車子在一間安養中心前停下來。

「我去看我爸爸，你先進店裡，事情怎麼收尾你想清楚，別讓我為難。」短髮女人說完就下了車。

車子繼續駛向市區，長髮女人漠然的臉在流過的車燈下明暗交替。沒多久，她撥了一通電話。

「鄭老闆，我是莉莉啦，今晚要不要來店裡坐坐？」她的語氣嬌甜，帶著幾分刻意的溫柔，「唉唷，鄭老闆大人大量，不要跟小妹一般計較嘛！打是情，罵是愛，人家昨晚是跟您鬧著玩的啦……」

自由的行業

計程車司機是個自由的行業，工作時間彈性，興之所至，隨時可以出門上班或收工回家。

不過這只是理論上的自由，正常的計程車司機假日一定會出門上班，畢竟這是生意最好的時候，沒人會跟收入過不去。

週日下午兩點多，送完幾輪去吃飯與吃完飯的乘客後，正準備找地方休息吃中餐，手機叫車單又進來了。這趟路程不短，有五百元進帳，我只好放棄吃飯，雖然有吃飯的自由，但沒必要跟收入過不去。

查看叫車資訊，乘客要從太平一家摩鐵前往大雅的另一家摩鐵，乘車需求寫著「**趕時間**」。擔心晚到會被取消，我立刻啟動賽車模式，疾速飆往目的地。

到了摩鐵，門口的服務生要我在一〇二號房門前等候，明明說趕時間，我還是等了五分鐘，一個年輕女子才從緩緩升起的捲門後走出來。

上車後，她問了預計抵達的時間，便低頭在手機上傳訊息。她化了濃妝，五官卻很普通，像婚紗照裡缺乏特色的臉孔，一轉身就很難記住。

車子在74快速道路上疾馳，每隔幾秒就聽見增加五元的跳表聲，讓我暫時忘卻飢餓，直到女乘客忽然開口問：「司機，車上可以吃東西嗎？」她說早餐還沒吃，但椅背貼了「請勿飲食」的告示，所以跟我確認一下。

「可以。」我說。

於是，她從大帆布包裡拿出三明治和豆漿，吃完後接著補妝，最後朝肩膀上噴了香水。

「二〇三號房訪客。」抵達目的地時，她對摩鐵門口的服務生說。

我把車開到二〇三號房門前，女乘客下車從車前穿過。齊耳短髮，身形嬌小，像名沒按時吃飯而發育不全的高中生。

離開摩鐵後，我餓到胃發疼。才剛在附近的7-11買好優酪乳和飯糰，手機又響起叫車鈴聲。

這次是從附近的摩鐵到大里的另一家摩鐵，乘車需求同樣寫著「**趕時間**」。

是剛才那名女乘客。

我立刻把車開回原地。她已站在門口等候，上車後仍舊問了預計抵達時間，便低頭在手機上傳訊息。

不久，她用LINE撥通電話。

「陳姐，客人有說為什麼嗎？」她問。

「客人說你的胸部太小。」電話那頭的女人回答。

「媽的奧客！」她提高音量罵了一句，隨即壓低聲音，「才四千五還那麼挑。」

「你有墊胸墊嗎？」陳姐問。

「沒有。」

「起碼做做門面，衣服沒脫之前，客人都可以打槍你。遊戲規則就是這樣，條件不好不補救，老被打槍，我也沒辦法。」

「我知道了。」

「下個客人指定要長髮，你準備一下，這單我讓辛蒂去了。」

掛斷電話後，女乘客望著窗外，忽然轉過頭問我：「司機大哥，你也喜歡胸部大的女人嗎？」

「啊？你問我嗎？」她問得太直接突然，我一時不知如何回答，只能用反問句緩衝。

這個問題的難度，跟「媽媽和老婆同時落水，要先救誰？」不相上下。說不喜歡，天理難容；說喜歡，又怕傷她自尊；如果說大或不大都喜歡，不就跟莫札特歌劇《唐・喬凡尼》那個來者不拒的浪蕩子沒兩樣嗎？

正當我還在斟酌如何回答時，她的LINE又響了。

「喂，李小姐，我是琪琪，小朋友已經睡醒了。」

「你把冰箱裡的玉子燒和羊奶加熱，餵他吃。我五點半前回家，你讓小寶跟我視訊一下。」女乘客說。

「寶貝，你在做什麼？」她轉換溫柔甜美的語調。

「媽咪，我在看電視。」手機那頭傳來小男孩的聲音。

「姐姐等一下弄東西給你吃，你要乖乖吃完喔！媽咪回家就帶你去公園玩溜滑梯好不好？」

「好，媽咪快點回來。」

「媽咪忙完就回家。媽咪愛你喔！你愛媽咪嗎？」

「我愛媽咪。」

她又交代了一些小事，諸如羊奶不要太燙、吃東西前要洗手、不要邊吃邊看電視，便掛斷電話。

下了快速道路，她請我在7-11稍作暫停。幾分鐘後，她走出來，短髮變成波浪捲的褐色長髮，胸口也略顯起伏，平底鞋換成高跟鞋，像是勉強裝扮成大人的高中生。

「一一五號房訪客。」她對摩鐵門口的服務生說。

她下車後，我在附近的公園停車，一邊吃著快變晚餐的午餐，一邊猜想她這次會不會又被打槍。被打槍代表我可能會有下一筆收入，但我卻不希望她的挫折成為自己的獲利來源，這種期望，未免太殘酷無情了。

吃完午餐，沒有新的叫車訊息。我發動引擎，準備前往車站。

公園裡，彩色塑膠溜滑梯上，一對小姊弟爬上爬下嬉鬧著，他們的父母站在一旁聊天，臉上滿是笑容。

杞人憂老

車子轉進巷弄，拱著身推平板車的賣菜阿婆闖入視線。

她身形嬌小，雙臂抬起剛好垂直地搭在推車把手上，彷彿為了配合推車高度，才長成這樣的體型。

「買菜喔！買菜喔！白菜、花菜、菠薐仔——」阿婆邊推菜車前行，邊叫賣。巷弄窄小，我在她後面緩緩跟著。

沒多久，巷子裡的人家走出幾個姑婆，圍住菜車。我將車靠邊停好，加入圍觀。

「青菜一把二十，花菜三十，攏沒洗藥，家己種欸。」阿婆說。

「價數按呢欸傷貴麼？」其中一個婦人問，語氣聽起來像是吃米不知米價。

「袂啦，菜市仔一把嘛是賣二十，你閣愛了時間、油錢，按呢有夠俗啊啦！」我替阿婆回答。

那個婦人轉頭看我，似乎不相信我的說詞。為了證明所言不虛，我率先買了一把白菜和菠菜。

阿婆離開巷弄時，菜籃裡只剩一顆花菜和一把蔥。

年輕時，我家附近也有個嬌小的老婦人，推著平板車，沿路撿拾商家丟棄的紙箱。每次看見她，心裡總是暗自警惕，年老時絕對不能落到這種下場。

如今，不知是沒了年輕時的傲氣，還是看盡人生浮沉，覺得即使年老仍得沿街賣菜，也不算晚景淒涼。前途雖未必看好，卻已放下了對晚年失去保障的恐懼。這種如影隨形的恐懼，經年累月毒害著原本該在每個當下泰然舒展的生命之花。

我叫阿水

「我叫阿水仔，陳水扁欸水啦。」阿水講話時嘴巴有點歪斜，露出缺了上半排的門牙。
要說阿水的故事，得先說他的室友。

週末下午，我經過火車站附近，一個男人攔車。他拿著大賣場販售一個五十元的簡陋行李袋，說要到住處搬點東西。
我載他到附近的一棟大樓。不久，他陸續搬出睡袋、電風扇、衣服、臉盆等物品，似乎是匆促搬家。這時，阿水一跛一跛地跟在他後面走出來。離去前，阿水叫我待會回來載他。
「稍等咧你去載伊欸時準，莫佇我佇佗位落車，我無想欲閣尬這款郎來往。」男人交代我。

「幹咧！伊昨暗騎我欸機車出去飲酒，飲尬透早醉茫茫騎車轉來，半路予警察抓著，機車煞去予警察扣留，害我無車通好去上班。頂擺他酒駕尬家己欸機車弄尬糜糜卯卯，閣因為公共危險罪予郎關三個月，不驚死，猶是欲飲，這擺連我攏拖累到。」

男人在一間廉價旅館前下車後，我回去載阿水。他報了地址，要去一家卡拉OK小吃店。

我問他：「為什麼戴工程帽坐計程車？」

他說：「欲去飲酒，暗時朋友會騎機車載我轉來。」

問起酒駕被抓的事，他說朋友勸酒，不喝一點不好意思，結果喝了半瓶58高粱。「幹！有夠衰欸，透早騎車咧等青紅燈，九十秒落落長欸紅燈，想供稍夸瞇一下，雄雄煞睏去，變青燈啊我嘛毋知，站佇路口欸警察就過來看，一看代誌大條啊。」

我問他：「酒駕不是要罰九萬嗎？」

他說：「我哪有錢，大不了閣入去關幾個月。」

阿水是粗工工人，一天可領現金一千四，老闆抽佣三百。他幾年前從工地鷹架上摔下來，腿摔瘸了。

他問我：「你有幾個囡仔？」

我說：「沒結婚。」

他熱情地說：「小吃店內底有幾個越南查某生做袂醜，會使介紹予你熟識，等咧做伙來飲兩杯。」

我用還要開車賺錢的理由婉拒了他，本以為此後不會再見到他。

晚上九點多，忽然接到他的叫車電話。我到現場時，他跟另一個男人在店門口扭打，兩人都摔在地上，白色工程帽滾到路邊，幾個人努力拉開他們。另一個男人被架到一輛摩托車旁，阿水撿起工程帽，作勢要扔過去，被人推進計程車裡。

「幹恁娘咧，尬恁爸看作細漢欸，那毋是有郎阻擋，下暗就欲予伊死。」阿水一身酒氣，用手背抹了抹嘴角的血漬。

回程路上，他都沒說話。到了住處附近，他進超商買了蘋果西打、小瓶高粱酒、香菸，也幫我買了運動飲料。

下車時，他掏出口袋的錢，說車錢不夠二十元。回家路上，我想，實在難以理解阿水的人生，怎麼把自己活成那樣？但我漂泊不定的人生，對某些人來說，也同樣難以理解吧！

我跟阿水，不過就是五十步與百步的差別。

我槍借你開

夜雨中的忠孝路，各色霓虹燈在車窗上暈染成一片迷濛。迷濛中，一個人影幾乎快站到路中央攔車，我把車停在路邊的海產攤前。

騎樓下圓桌，三男一女起身走來。一個男人叉著另一個理小平頭的男人坐進後座，說要到交流道附近的汽車旅館。沒上車的男人隔著車窗叮囑：「轉去卡早睏咧，莫閣烏白走。」

接著，他又走到前窗交代我：「車上乘客如果想去別的地方，不要載他們去。」

我說好。

他胸前掛著一條很粗的金項鍊，站在他身邊的女人香水味直撲車內，與車內酒氣混在一起。

「幹恁娘XX！」車子離開沒多久，後座的平頭男就用五個字問候某人母親。

「伊算三小？我欲去佗位敢輪欸著伊來管？」

「幹恁娘XX！佇阿琴欸面前尬我虧，供欲找查某予我爽。大家攏知影，我入去以前阿琴對我有意思，恁爸入去才十個月，伊就尬阿琴趴去。我佇內底關，伊佇外口趴查某，彼件代誌伊敢無份？恁爸一個郎擔落來，唉都無唉一聲，我念著伊是阿輝欸表弟，沒袂尬伊計較，伊是算三小？幹恁娘XX！」

車上原本播著中世紀聖樂，我決定配合情境，改播詹雅雯的〈北極星〉。

「幹恁娘XX！伊有槍我敢無？槍毋是看誰有卡濟枝，是看誰打卡準，你欲信麼？我一粒槍子就予伊躺佇塗咖爬袂起來。幹恁娘XX！伊莫傷聳鬚。」平頭男愈講愈激昂。

隔座的男人清醒些，想緩和緊張的氛圍，就故意岔開話題問我：

「你駛計程車生意袂醜乎？尚無駛計程車袂予郎抓去關，著麼？」

平頭男不再罵人，轉而接著說：「啊無，我嘛來駛計程車好啊。」

「穩將大哥，咱來參詳一下，你車借我開，啊我槍借你開，你一定無開過槍！你感覺按怎？」平頭男在背後對我說。

我感覺背脊發麻，等待路口亮左轉燈，時間變得好漫長。

「卡緊越過去啊！你哪欸毋走？」平頭男盯著前方說。

「左越燈猶未著啊！而且頭前閣有一台車擋咧。」我拿前方的BMW當藉口。

平頭男探身到駕駛座，伸手要按喇叭，一旁的男人把他拉回去。

「那閣毋走，我就落車去尬頭前欸司機拖出來拍。幹恁娘XX！開BMW就囂擺咻？」平頭男又開始問候某人母親。

「毋好啦！伊內底坐幾個郎，你嘛毋知，傷危險啦。」我趕緊說。

「驚死袂著頂啦！哪是欲比郎濟，恁爸敲一通電話，二十個兄弟隨時到位。他敢假痟是麼？只有乖乖啊予我拍欵份啦。」平頭男氣勢滿滿。

天長地久的左轉燈終於亮了，我替前面的司機鬆了一口氣。

到達逢甲夜市附近時，平頭男叫我路邊停車，他對旁邊男人說：「閣飲兩杯再轉去睏。」

我違背了對金項鍊男的承諾，趕緊讓他們下車。

雨夜裡，平頭男搭著另一個男人的肩，慢慢走向快炒店。車內，詹雅雯繼續用她磁性的嗓音，唱出現實生活中的愁苦。

異國車站的年輕人

下午在台中機場排班，一個女人領了七、八個推著行李箱的旅客走來，問我到豐原火車站的車資。我查看距離報了價，她叫一個約二十歲的年輕人上車，自己則帶著其他人往下一輛計程車走去。

沿路下著細雨，我問年輕人：「會說中文嗎？」他沒回應。

我又問：「Speak English?」還是沒回應。

於是我放棄了，車內播著貝多芬的《命運交響曲》，我們想著各自的命運。

到了豐原火車站，我指著計費表上金額，他卻給我看手機，螢幕上顯示一組台灣的手機號碼。

要打電話叫人來付車資的意思嗎？我用自己的手機撥了那個號碼。

「您的電話將轉接到語音信箱⋯⋯」

我對後座的年輕人說：「電話沒開機。」他一臉茫然，語言不通真是咫尺天涯的距離。我放棄溝通，繼續撥那個號碼。

「您的電話將轉接到語音信箱⋯⋯」

試了五分鐘，對方仍未開機。

我開始思考其他辦法。他不會說英文，應該不是菲律賓人，可能是泰國、越南或印尼來的。

我用LINE打給曾載過的泰國移工Chan，請他幫我問這名乘客是不是泰國來的。結果不是，乘客一句話都沒說，直接把手機還給我。

我接著又打給越南移工Phong，試試運氣。

天雷勾動地火，兩人立刻哇啦哇啦聊開了，這樣就無需動用我的印尼友人。也證明我的載客範圍，已達到國際化程度了。

Phong說那是乘客哥哥的電話號碼，請我務必聯絡上對方來車站接人，否則乘客一句中文都不會，根本不知道該怎麼辦。

我只好繼續撥號。畢竟，收不到車資是一回事，更重要的是，不能把這個不會說中文的年輕人，獨自丟在異國的車站。

試了二十分鐘，終於傳來嘟的聲響，一個男人接起電話。

如果車上有鞭炮，我真想放來慶祝一下。

掛斷電話後，又等了十五分鐘，剛才接電話的男人騎著電動腳踏車來了，一臉宿醉未消的模樣。有這樣的哥哥，真是不太牢靠。

此時年輕乘客從口袋掏出一千元台幣，遞給我找零。

哇咧！有錢付車資早說嘛，害我擔心了半天！不過，如果他一開始付了車資，換作別的司機，可能就把他趕下車了。

看來這個聰明的弟弟，在台灣能適應得很好，雖然他有一個迷糊的哥哥。

美好人生

週六早上十點，我去了秋紅谷花博計程車排班區。今天的營業策略很簡單——只要能載到去花博的乘客，不管是外埔、后里或豐原，車租差不多就回本了。然後，我要找個地方喝咖啡、看風景、讀幾頁書，享受美好人生。十二月的氣溫像雲霄飛車上下起伏，今天有陽光，曬在身上暖暖的，是個喝咖啡的好天氣。

陸續有遊客從我身邊經過，卻都走向前方的免費花博接駁車。遊覽車始終保持三輛等候，走了一輛，又補上一輛，遊客卻永遠塞不滿。終於，一對老夫婦緩緩向我走來，我高興地下車為他們開門。

「請問去哪裡搭花博的接駁車？」老婦人問。

沒多久，對面工地走來一名黝黑矮壯的工人，左手拿著藍色安全帽，髒汙的牛仔褲繫著作業腰帶，腰帶上插著鉗子與螺絲起子等工具。他走到我面前，說要坐車。

「你不是要去花博吧？」我自以為幽默地問。

「不是，我要去逢甲郵局附近。」他說，沒有理解我的冷笑話。

這趟車資差不多是起跳價多一點，離車租回本還很遙遠。我帶點失望駛離排班區。

「我要回家拿健保卡，再去醫院掛急診，手痛到沒辦法工作了。」

前方紅燈，我轉頭看他舉起的右手掌，汙黑的手腫得像發糕，指節的紋路都看不見了。

「好像有點嚴重，得休養幾天吧？」

「不知道，要問醫師。」他說，「但最好能趕快治好回去工作，沒做就沒錢。」

「請病假沒工錢？沒勞保嗎？」

「沒有，像我們這種基層粗工，如果營造廠還要負擔我們的勞保，成本會反映在房價上，銷售難度就會跟著增加。」他苦笑著，好像我問了一個缺乏常識的問題。

話是沒錯，但總覺得哪裡不對。

我問他的工資。他說一天九小時兩千五，實做實領，月休六天的話，一個月約六萬，前提是不能生病或受傷，生病或受傷了，也得撐著做，否則就要回家吃自己。

聽起來，我跟他還真有點像。開計程車若拚命跑，一個月也能賺六萬，前提同樣是不能生病或受傷，不然就要回家跟貓一起吃貓糧。

到達目的地，他用左手推開車門下車。他屁股坐過的地方，留下一大片粉塵髒印，皮椅表面壓出鉗子和螺絲起子的凹痕，還有個地方像是被戳出了小洞。

我忽然覺得有點心痛。

欲望計程車

週末午夜，我正往回家途中，兩名青年移工招手上車。

「老闆，你可以帶我們去按摩嗎？」右後方的青年傾身向前，酒氣與菸味混合著撲過來。

他靠回椅背，開始用我聽不懂的語言和同伴交談。我在記憶裡搜索按摩店的位置，沒多久便抵達目的地。我指著馬路對面，一間掛著「通過國家乙級技能檢定」紅字招牌的按摩中心。店門口，兩個穿白衣的男人，一老一少，一個抽菸，一個滑手機。店內幾張長條型的按摩床上空無一人。

「老闆，不是這種按摩啦！要有小姐的那種。」青年邊說邊用雙手在空中像捏饅頭似的抓了幾下。

我重新搜尋記憶資料庫，然後上路。車子在高架橋旁十字路口的紅燈前停下，我指著對面「小娘娘」三個白底大字的紅色招牌，頂端七支霓虹燈管排成扇形，妖豔地閃爍；巨幅看板上，四個穿粉紅色制服的女人含情脈脈地衝著我們微笑。

「老闆，不要台灣小姐，我們要越南小姐。」青年說。

我的腦袋一片空白，記憶庫跳出「查無相符資料」的訊息。

同伴在旁邊對他說了幾句越南話，接著青年說：「老闆，宜欣路那邊好像有一家，你帶我們去找找看。」

宜欣路是住宅與家庭式工廠混合區，每條巷弄長得都差不多。我載著兩個需要同鄉女人撫慰的遊魂，在巷弄裡焦躁不安地來回穿梭。眼前是已經過兩次的檳榔攤，我把車停下，無計可施。

「老闆，我朋友剛失戀，本想帶他去找女人按摩，安慰他一下。讓你跑來跑去，真的很不好意思。」青年說。

最後，他們去了東協廣場，把沒得到解決的欲望留在車裡。

回家路上，我把車窗全部打開，讓午夜灌進來的冷風，將欲望與菸酒味一起吹出車外。

魔幻變裝秀

下班時間，擠在車水馬龍的五權西路上，停等紅燈。

一個年輕女孩從大樓裡跑出來，敲了右側車窗。我將車門解鎖，她一上車就把肩背包丟在左後座，說：「麻煩到寧夏路某某KTV。」

從後照鏡看，她穿白襯衫，束起頭髮，戴著黑框眼鏡。

「司機大哥，麻煩開快一點，我趕六點半上班，謝謝。」她說。

「媽的，那個死經理上班時間不知跑去哪裡鬼混，都下班了才來交代事情，耽誤我的時間，死豬八戒。」她自言自語。

她按亮後車頂燈，摘下眼鏡，拿出包包裡的化妝品，開始化妝。

我忙著在紅綠燈轉換的夾縫間搶過十字路口。

再看後照鏡，她人不見了，只聽見身後細碎的聲響。一隻手臂斜伸過我的頭頂。

六點二十七分到達目的地，後座一個穿露肩喇叭袖洋裝、長髮披垂的女人，眼睛上緣刷著捲翹睫毛，左手指甲五彩晶亮，捏著兩張百元紙鈔遞給我。原先那個上班女郎，不知消失到哪裡去了。

目送她踩著短裙下的高跟鞋，走進霓虹閃爍的KTV，我疑惑地環顧查看，只剩餘香在空幻的車裡徘徊。

好景配美酒

週日下午兩點多，我前往裕元花園酒店載客。

車子開上酒店門口的車道時，一個穿著深灰色西裝、胸口別了禮花的年輕人招手示意我停車，隨即開後車門，扶一個中年男子上車，說了聲：「謝謝廠長。」然後繞到前車窗，交代我將乘客平安送回家。

離開時，年輕人站在原地，不斷向車子揮手。

在台灣大道等紅燈時，後座的廠長問我：「**下車地點你知道嗎？在豐樂公園旁邊。**」

「知道，叫車單上有地址。」我回答他。

「我今天喝多了，副廠長兒子結婚，廠裡的部屬一直來敬酒，紅酒、威士忌混著亂喝，有點醉了。」他說著，按下車窗按鈕，窗戶降到底後又升到最頂端，來回試了兩次，彷彿在做車輛出廠前的檢查。

我悄悄把車窗的中控鎖鎖上。

「**下車地點你知道嗎？在豐樂公園旁邊。**」他又說了一次，「我七年前搬到這裡，房子是丈人買給我老婆的，我老婆是公司財務長，丈人是董事長。」

「那裡環境很好，一定很貴吧？」我一邊搭話，一邊切進內側車道準備左轉。

「我知道你在想什麼，你一定認為我靠裙帶關係才有這個地位，很多人也這麼想，但你們都錯了，我是從工程師慢慢幹上來的。如果不是我有本事，我老婆也不會看上我這個窮小子。我大學同學現在不是當教授就是開公司，在校成績還沒有我好。說實話，以我的能力根本不需要靠關係，反而是我丈人需要像我這種有能力又認真的員工。」廠長說。

「真的。」我說。

「抱歉，喝醉了話很多，你別介意。等一下給你一百塊小費。」廠長說。

「啊！謝謝廠長。」有小費，你想說什麼都行。

「有能力，別人才會重視你，也不會懷疑你的動機。我跟老婆財產分開，她的錢是她的，我賺的錢是我的，這樣誰都沒話說。我在丈人心中的地位，排在我老婆跟我兒子後面。婚姻關係靠一張紙，不如血緣關係來得緊密。不過這樣也好，像我兒子暑假去巴黎遊學，費用全是丈人出的，他疼孫子，也等於幫我分攤養兒子的費用。」

我沒接話，因為我正準備匯入快速道路。路口有科技執法，不小心違規就會收到罰單。

「**下車地點你知道嗎？在豐樂公園旁邊。**」他又問了一次，「我家在二十樓，視野很好，可以看到整個豐樂公園，還有南屯的景觀。平常週日我都得陪客戶打球，今天難得能在家休息。我老婆這兩天回台北看丈人了，你要不要上來我家看看風景？我有不錯的威士忌，廠商送我老婆的，她不太喝酒。」廠長說。

「真的嗎？好啊！」我隨聲附和。不知道好景配美酒的有錢人生活是什麼感覺。

「可以讓我抽根菸嗎？」他問，接著又去按車窗按鈕，但窗戶毫無反應。

「喔，沒關係，可以。」我說，順手把後面的車窗降下來通風。對方都盛情邀請我去家裡喝酒了，破例讓他在車上抽根菸，也算禮尚往來。

他從風衣口袋掏出菸盒，抽出一根菸，又在口袋摸索了半天，然後說：「打火機不見了，你有嗎？」

「抱歉，我沒有打火機。」

他把菸盒收回口袋，又問了一次：「**下車地點你知道嗎？在豐樂公園旁邊。**」

「知道，你家在二十樓，視野很好。」

「對，現在花五、六千萬，都不一定能買到有這麼好視野的房子。不過房子是我老婆的，我每個月得付她兩萬塊，算是租房子的概念。」

「抱歉，喝醉了話多，你別介意。等一下給你兩百塊小費。」他補了一句。

我看了一眼估狗地圖，還有七分鐘到達目的地。這七分鐘裡，不知道小費還能再往上加碼幾次？

不過，他停止了交談，用右手拉住車窗上方的把手，使勁搖晃，像是在測試堅不堅固，接著屈身橫躺在座椅上，沒多久便傳來沉重的打呼聲。

到達目的地，我下車，繞到右後方開車門叫醒他。他坐直身體，用手背擦掉嘴角的口水。

「到了喔！下車請小心。」我扶著他的肩，鬆開手後他踉蹌地走了幾步。我又跟上前去。

「我可以自己走，不用擔心，今天喝多了。」他擺擺手。

其實，我是等他邀我上去看風景、喝威士忌，還有那兩百塊小費。

結果，他逕自漫步走向大樓門前的長型石塊，坐下來，掏出菸叼在嘴裡，又在口袋裡摸索半天。

最後，他雙手撐在石塊上，低頭睡著了。像座仿真的公共藝術雕像。

為何拆散我們

晚上接近九點，在忠孝夜市海產攤前，一對母女上車。

媽媽穿淡粉色洋裝，外面罩著一件白色絲質薄外套。女兒則是青春打扮，T恤搭配窄管牛仔褲，左上臂有一朵玫瑰刺青，玫瑰花下，帶刺的枝梗由外向內纏繞在她白皙的手臂上。

媽媽將一個手提紙袋交給女兒，說：「這是我託同事排隊買的芋頭蛋糕，回去記得冰起來。」

目的地是中興大學附近的巷子，路程不遠。一路上，媽媽問話，女兒都用「是不是」或「有沒有」簡單作答。直到抵達目的地，才說了一句完整的話：「這幾天工作比較忙，想早點休息，我先回去了。」然後下車走進旁邊的一棟大樓。

「小姐，請問接下來去哪裡？」我問媽媽，她沒有回答。

我轉頭看她，她正在流淚。

「怎麼了嗎？」我問。

「心裡有點難過。」她用手背擦掉臉頰的眼淚。

我抽了兩張紙巾遞給她。

「今天是女兒二十一歲生日，我一下班就從高雄搭高鐵來陪她吃飯、幫她慶生，說好她負責找餐廳，我付錢請客。對常吃海鮮的高雄人來說，她找的夜市海產攤既不新鮮、菜色選擇又少，我覺得她沒重視我的心意。吃飯時，我說明天已經請假了，不知道她是不是裝沒聽見。下車前，連邀請我上樓坐一下的意思都沒有，我本還奢望她會留我過夜……」媽媽哽咽地說。

「或許她真的累了吧？」我安慰她。

「麻煩載我去高鐵站吧！現在只能回高雄了。」

經過7-11時，我暫停讓她進去買瓶水。她說海產料理中的味素太重，覺得口渴。她順便幫我買了運動飲料。

「你跟女兒感情不親嗎？」我問，一邊打開瓶蓋灌了一口。

「你有空聽我講嗎？」媽媽問。

「好啊。」飲料都喝了，我順手按下暫停計費的按鈕。

女兒六歲時，我和前夫離婚。離婚前，他被派駐上海，賺了不少錢，也有了別的女人，還為他生了一個兒子。離婚後，大女兒歸我，他帶兩歲的二女兒去了大陸。我把大女兒託付給她雲林的阿嬤，自己到台北工作。直到她上國一，我再婚了才接她到高雄同住。

雖然住在一起，但女兒和家人始終保持距離，像個借住的客人。我以為只是青春期的叛逆，沒有放在心上。國中畢業後，她去讀雲林一所私立高中，假期幾乎都在阿嬤家，跟我們的距離就更遠了。

去年暑假，前夫帶二女兒回台，我和大女兒跟他們見面。她拿出一張舊照，五歲的她正餵學步車裡的妹妹吃稀飯——這是我拍的。她遞給妹妹看，妹妹看著照片用外省人的口音說：「這個胖娃子是我呀？完全沒印象呢！」相隔兩地，時間與環境早已拉開她們的距離。即使是有血緣的姊妹，也難以回到遙遠的童年。

回程的路上，我問大女兒怎麼有那張照片？她說在阿嬤家找到的。我笑著說：「我記得那時你還邊餵邊唱歌，像個小媽媽。」她說：「我也記得，那台學步車有個會播放兒歌的按鈕。」

「你那時才五歲，怎麼會記得？」我不經心地回答她。

沒想到，她突然歇斯底里地大哭：「**為什麼？為什麼要拆散我們？為什麼？**」

她突如其來的逼問嚇壞了我，更翻攪出我內心埋藏已久、無人能解的問題——

為什麼？為什麼要我忍氣吞聲？提出離婚的不是我，前夫外遇還生了孩子，我才二十八歲，難道要一輩子守著婚姻的空殼嗎？我要讓前夫知道，沒有他，我也能活得很好。

我緊抓方向盤，任憑淚水從臉頰滑落，眼前是模糊的景物與耀眼的陽光。整路我們都沒有說話。回到家她說累了，想休息。後來，我們再沒提起過那天的事。

或許，不可挽回的傷痛，提了也無濟於事。

媽媽說完後，轉頭看向窗外。她有著和女兒一樣倔強的臉孔，卻因為母親的角色，多了一絲柔軟與包容。
我喝了第二口運動飲料。

「你把她平安撫養長大，已經盡到你的責任了。」我說，「有時我會載到帶著腦性麻痺孩子的父母。我心疼這些父母，更心疼孩子。他們的人生一開始，條件就已經不平等。因此，我感謝父母讓我擁有健康的身體，不必帶著病痛辛苦地活著。有幸福美滿的家庭當然很好，但如果沒有，也只能坦然接受。畢竟，光是擁有健康的身體，已經值得慶幸，其他的，就靠自己了。」

「該送你去搭高鐵了。」我看了一眼駕駛座的時間。
下車前，她說，如果下次載到她女兒，可以跟她聊聊，聽聽她的想法。
茫茫人海中，我再也沒遇過她的女兒。

開快一點

早上十點多，經過台中教育大學，一對中年男女在路邊舉手攔車。我前方有輛亮著空車燈的計程車，卻絲毫沒有減速，便毅然離去。男人轉頭目送那輛車，站在他身旁的女人見我接近，立刻走向馬路中央，揮動雙手，我只能慢慢靠邊停下。她催促男人上車，自己則擋在車前，以防我拋下他們。

我第一次遇到這麼熱切想搭計程車的乘客。

「要去哪裡？」

「台中榮總……」男人停頓了一下，又補充：「司機大哥，可以趕一下嗎？我爸爸病危了。」

「好的，我盡量趕。」我說。畢竟，我可不希望因為自己開太慢，害他們錯過見親人最後一面。

沒多久，五權路口遇上紅燈，我環顧四周，確認沒有警察，就偷偷右轉。接著，前方民權路口的綠燈轉黃，我仍義無反顧地踩油門往前衝，簡直把計程車當成救護車在開。

但在梅川東路口，我減速停了下來——警察局就在旁邊，我又不是救護車，還是識相點。

查看估狗地圖，剛才的搏命行為讓預計到達時間提前了兩分鐘。墨菲定律說，你擔心遇上紅燈，紅燈就會不斷出現。在民權路與台灣大道口，眼睜睜看著黃燈無情地轉為紅燈，這個路口車多又寬，只能老實停下。

「你為什麼跑回家？」女人語氣不太高興。

「我在病房一整晚，總得回家洗澡換衣服，哪知道剛到家沒多久，就接到我弟的電話，醫師說可能撐不過去了。」

「你離開醫院時，弟媳在嗎？」

「在啊！她說他們會照顧爸爸，我慢慢來不用擔心。」

「我就是擔心她啊！」女人提高音量，「爸爸現在神智不清，萬一她偷偷讓爸爸簽什麼遺囑，等爸爸一走，死無對證，到時侯你連房子都沒了，看我們要住哪？」

「不會這麼誇張啦！你想太多了。這兩天晚上我和爸爸在一起，我弟都不擔心我了。」

「他不擔心你，因為你沒有心機！防人之心不可無，你看你爸留給孫子的成家基金，我們兒子三百萬，你弟的兒女各兩百萬，算起來他們拿到的錢比我們還多。你弟媳還不滿意，硬是多要了五十萬！你弟沒那本事說服你爸，我敢保證，一定是她在後面使弄的。」

「你想太多了。」男人語氣變弱，少了剛剛的篤定。

「醫師兩天前就說爸爸可能不行了，結果還不是又撐了兩天？他們總是設想最壞的狀況，沒那麼剛好我一不在，爸爸就走掉吧？」男人試圖安慰女人。

「總之，這幾天我們輪流照顧爸爸，不能有任何閃失。你不為自己想，也要替我想，我都這把年紀了，還得拚命工作賺錢。」女人語氣帶著委屈。

「好啦，我知道了。司機大哥，可以再開快一點嗎？」男人問。

「好的，再十分鐘就到了。」

朝富路口黃燈閃爍，我加速衝過去，又替他們省了一分半鐘，我可不希望因為我過度謹慎，害他們沒房子住。

過了安和路後，一路暢通無阻，直到玉門路口才遇到紅燈。

我看了計費表，估算大概的車資，提醒他們：「綠燈過路口就到了，可以準備下車。」

三百四十五元。

車子停在榮總第一醫療大樓前，我按停計費表。男人急忙先下車，女人掏出五百元給我，接過找零時，不小心掉了五元硬幣。

她低頭沒找到掉了的錢，我又補了五元給她。

她把零錢丟進手提包，匆忙跑進大樓，連車門都忘了關。

卡省開錢看醫生

阿伯從中友百貨上車。

「去文心路一段阿奇遐。」阿伯說。

「敢有地址？」我問。

「你毋知影阿奇喔？佇電視台頂面足有名欸！你哪會毋知？」阿伯的語氣好像他說的是台中市長一樣。

「阿伯，歹勢啦，阮厝無電視。你敢有地址？」我又問了一次。

「免地址啦！你就向上路左越文心路，看著紅狗欸看板就到啊。」阿伯說。

「紅狗欸看板是麼？」我複誦一次，心想，紅狗是紅貴賓嗎？

「毋是紅狗啦！是紅狗蝦啦。」阿伯說。

循著他的指示，很快就來到紅螞蟻的招牌前。店裡裝潢果然一片紅，紅牆、紅桌、紅高腳椅，再弄個伴唱機就能歡唱卡拉OK了。

「你佇遮等我一下，我拿藥仔隨出來。」阿伯說。

沒多久，他拎了一個塑膠袋出來，裡頭傳來瓶罐碰撞的聲音。

「阿伯，你買啥米藥啊？」回程時我問。

「顧健康欸藥啊。」阿伯說。

「敢會足貴欸？」

「攏是天然欸，當然嘛貴！食三個月愛開兩萬元。」

「遮貴喔！阿伯你真敢開呢！」

「貴哪有要緊？食了顧健康，卡省開錢看醫生。阮囝逐擺攏供我烏白開錢，我會睏、會食、會放，按呢哪有烏白開？你看我食欲十年啊，身體顧尬遮勇。」

我盤算了一下，三個月兩萬，一年八萬，十年吃掉八十萬。

每次我媽從電視購物頻道上買什麼顧骨顧肝的保健品，我都說她亂花錢，不過多半也就一千多元的東西，沒像阿伯投資得這麼凶，這點我還真得感謝她體恤我賺錢辛苦。

回到中友百貨，阿伯看了跳表後說：「普通我坐攏三百二，那會你欸表跳三百四？」

我只收他三百二十元，就當作贊助他買藥顧健康吧。

想欲趁大錢

從火車站上車，要去逢甲夜市。阿伯手提一個紅白相間的塑膠袋，說他比較習慣坐前座。

上車後，他從袋子裡拿出一個繡紋盒子，向我展示盒裡的東西：一個手掌大的扇形木座，正面鑲嵌著金幣和銀幣，金銀幣上都是媽祖肖像。

「遮是我佇埔里一間廟求欸。愛跋杯，那跋無順杯愛閣重排隊，跋有才通啊買。」阿伯說他運氣很好，只排三次隊就買到兩個。

「遮是欲送予我兩個查某囝。個攏嫁去米國啊，嫁予有錢郎。」阿伯上下牙齒幾乎掉光，講話含糊，像咬著湯匙。

「你嘛應該去求一個來踩車內底，包你趁大錢。」

我想像儀表板前立著媽祖金銀幣木座，我數著厚厚一疊大鈔的美好光景。

「我兩個囝婿攏真敖趁錢，甲我買欸車，頭前有一隻豹，你敢知影？車內底欸設備就開欲四百萬。你啊欲佇車內底睏，伊閣會自動尬你蓋眠被。」

睡覺會自動為我蓋眠被的JAGUAR汽車，真想體驗一下，但為何要在車裡睡呢？

「阮某已經死了幾若冬啊，阮查某囝逐年攏叫我坐昏愣機去米國過年。去過一遍，我就毋愛去啊！ABC狗咬豬，我啊袂曉供，電視閣看無，無聊尬欲死！」

我問阿伯在台灣和誰一起過年，他說自己過，住逢甲夜市旁，不愁沒東西吃。

到了逢甲夜市，車資兩百八，阿伯給我三百元，說不用找零。我從右後照鏡看他拎著塑膠袋，低頭慢慢往路口走去。紅燈亮起時，淹沒在過街的人群中……

路僧

過年要上班的，可不只計程車司機。

我在他對面待了四十分鐘，有三個人停下來捐錢給他，卻沒人過來搭車。

他的生意比我好。

兒子啊，你還是去當和尚前景光明些，不要學我開計程車了。

死人不會跑掉

載客到高鐵站二樓，客人剛下車，我正從後車廂取行李，三個男人走過來搭車。我趕緊回駕駛座開車逃離。站區規定下客處禁止載客，但這種不請自來的肥肉，沒理由棄之不顧。

用「肥」來形容，並不是象徵性的說法。前座的中年男子把座椅推到底，西裝上衣裡像藏了一顆大西瓜。後座兩個年輕男人之一說要去崇德路的殯儀館，麻煩我趕一下時間。我問他是去參加告別式嗎？他說去主持法會。

中年男子的雙手在胸前交叉，一臉嚴肅，責備不知是哪一個年輕人：「出門前一定愛檢查裝備齊全，遮敢愛逐擺攏交代你？按呢來回走耽誤著時辰你欲負責麼？」

後座兩個人都沒答腔，氣氛凝重。

「無要緊啦！死郎倒佇遐啊袂走去。」我幽默地說。

沒人理我的冷笑話，溫度瞬間降了十度。

「攏是活郎咧等死郎，無死郎等活郎欸。人生一世郎嘛才死一擺，結婚這擺辦無好勢，可能猶有後擺，人死袂使予你出單薄啊錯誤，死郎那袂爽，活郎嘛袂快活，你敢好意思開嘴尬郎收錢？」中年男子說。

我飛快的把他們送進殯儀館，兩個年輕人迅速下車取行李。中年男子側身從西裝口袋掏出皮夾，從一疊厚厚的千元鈔中抽出一張給我，囑咐我找整鈔，零錢免找。

供方決定的市場價格，道士要五毛，喪家給一塊，絲毫不奇怪。如果早二十年遇到他，我一定拜他為師。尤其我有哲學背景，做道士應該更具說服力，真是相見恨晚。

哪裡有男人？

週五深夜，中華夜市上來一個中年女子，短髮、微胖，戴著口罩。

「司機大哥，你知道哪裡有男人嗎？」她一上車就問。

「什麼意思？」我問她，車上就有一個男人啊！

「就是那種可以陪你喝酒、唱歌、聊天的男人，你知道哪裡有嗎？」她說。

「台中公園旁好像有一家？」我想了想回答。前陣子經過那裡，看見大樓正面一張巨幅看板，赤裸上身、肌肉發達的年輕猛男，重要部位被酒瓶遮住，旁邊一行大字寫著「**來店消費，啤酒無限暢飲**」。

「我知道你講的那家，裡面男人很年輕，都能當我兒子了，我不想找小孩陪我喝酒。」她說。

奇怪，男人去找陪酒的女人，都是愈年輕愈好，怎麼女人的想法跟男人不同？

有些司機同行這方面消息豐富，因為帶乘客去店裡消費可以抽佣，利潤頗高。我不想賺這種錢，同行笑我假清高，不過如果「假」到骨子裡，也就與真無異了。

基於服務顧客的敬業態度，我還是打了通電話問司機同行。

「同棟大樓靠光復路那邊就有。」我把得到的資訊告訴她，她同意前往。

「你會覺得我找男人很奇怪嗎？」途中她問。

奇怪嗎？說不奇怪那就矯情了，但說奇怪又好像太男人本位，為什麼男人找女人就不奇怪呢？

我沉默沒有回答。

「下週我要開刀切除子宮，今晚想找人陪我喝醉。」她接著說，「醫師說手術有風險，說不定會死掉。」

她的語氣很平靜，聽不出對死亡的擔憂，彷彿在說喝酒後會想睡覺一樣。生死夢一場，或許死亡對她來說，跟睡著了沒有差別。

「希望手術平安順利。」我祝福她。

「謝謝大哥，你開車很辛苦吧？一個小時的收入大概多少？」她問。

「大概五、六百吧！」這是好的時候，平常一小時三、四百很正常。

「不然這樣，我家有唱歌設備，你陪我回家唱歌喝酒，一小時給你一千二，如何？」她提議。

聽起來滿不錯的，倒不全為了錢，而是無論發生什麼事，我都有題材寫成動人的故事。

「謝謝你，但我有點累了，想回家睡覺。而且喝了酒就沒辦法開車，也很麻煩。」可惜如今的我，已經沒有為寫作不計代價的熱血了。

「別擔心，我家有空房間，你可以睡到天亮再走。」她說。

這正是我擔心的——怕半夜床上多出一個女人，然後門外又闖進一個男人。

她下車後，我繼續去火車站排班。忽然聽到後座叮咚一聲，我轉頭看，女人的哀鳳手機掉在座椅上了。

正想著如何物歸原主，一看螢幕上顯示LINE Pay付款：**某某視聽歌唱店 NT$ 5500**。哇！這太傷人了吧！我的行情只值一千二，好歹也開個兩千四，雖然未必會去，但至少感受舒服些。

後來她借店經理電話打給自己，我依指示把手機送去，一個面容神似西島秀俊的男人在樓下等我，給了兩百元跑路費。

好吧，一分錢一分貨，跟他相比，我收一千二勉強可以接受。

Chapter 3

莊周夢蝴蝶

司機加油

夜裡，幾個人在海產店前攔車，其中一個渾身酒氣的女人上了車。車外，另一個女人握住她的雙手，不斷叮囑她早點睡。一個男人走到前車窗說：「到潭子頭家厝，麻煩把她安全送到家。」

74號快速道路的路燈向後疾馳，車內流淌著如泣如訴的台語老歌——「**阮是日日春，日日愁，怨嘆終身誰收留；雖是薄命花，日日也清秀……**」後座的女人輕輕和著歌聲哼唱，偶爾吐出長氣。然後，就沒了聲音，只剩下低迴的歌聲。

下了快速道路，接近頭家厝。因為沒有具體地址，我問她去哪。她睜開眼，啜泣著說：「前面十字路口右轉。」邊哭邊為我指路。

到達目的地，她遞給我車資時，忽然對我說：「**司機，你要加油，一定要加油！**」

我低頭看儀表板，黃色缺油燈不知何時亮了，我向她道謝，等一下得去加油了。

月圓中秋

「這次豁出去了，如果他不道歉，我就跟他離婚！」

月圓中秋夜，中年婦女上車後，開了點車窗，沖淡車內混著酒味、烤海鮮與醬料的味道。然後，沒來由地冒出這麼一句，氣壯山河。

我沒答話，沿路許多店家在騎樓下烤肉，瀰漫的白色煙霧中，人影搖曳。

「做錯事被罵，我認了，可沒做錯事也罵，這有道理嗎？逢人就誇我脾氣好，脾氣好不是為了給他罵的。」

「是他不帶我去跟他同事吃飯，我才來朋友這邊烤肉的。他到家發現忘了帶大門鑰匙，半小時內打了三十幾通電話，我手機放在包裡，現場又吵，根本沒聽到鈴聲。等我看到那麼多通未接來電，還以為是誰死掉了，趕緊回撥……」

「結果，他接電話劈頭就罵：**『你是死人嗎？為什麼不接電話？』**他沒帶鑰匙，卻詛咒我去死，這是什麼丈夫？他真以為我離不開他嗎？二十幾年來，我一忍再忍，這次我真的要走給他看。」

「你說真的要走，是什麼意思？」我問她，心想，如果你真要走，也不會拖二十幾年了。

「有一次，我是真的要離家出走、都已經進火車站了……忽然開始飄雨，想到洗好的衣服還曬在陽台，我只好趕緊回家收衣服。」

這大概是我聽過最「家庭主婦式」打消離家出走的理由了。

到了下車地點，車資三百元，她驚呼：「天哪！去程的計程車司機居然收我六百！」

我不禁懷疑，從台中公園到大雅交流道，中清路筆直開到底，沒有繞路的可能，司機到底要如何動手腳？車資差了一倍之多，連幼兒園的小孩都知道有鬼。

能脫離婚姻的女人，多半具備獨立自主的特質。無論是因為她缺少這種特質，才選擇了婚姻，還是已在漫長的婚姻中被消磨殆盡，結果都一樣。

「司機，謝謝你。我準備回家被罵了，唉！」她收下找零的兩百元，嘆了一聲，氣弱游絲。

由氣壯到氣弱，一趟車程就讓她認清情勢，找到對策。比起婚姻諮商，我的收費便宜又有效。

她下車後走沒多遠，忽然停住腳步，在皮包裡找東西。

我心想，**她不會在找鑰匙吧？**

中秋夜，一對忘了帶鑰匙出門的夫妻，讓人忍不住對著圓月哀號幾聲。

人狗之爭

夜裡，在逢甲校門口上車的青年要去新光三越。

「司機，麻煩路邊暫停一下，我買點東西。」

他先去日式章魚燒攤位排隊，接著又跑進巷子裡。大約五分鐘後，手上提了兩袋東西回來。幸好正值寒流，逢甲夜市遊客少，否則光買章魚燒就得排上十分鐘。

在河南路口等紅燈時，他的手機響了，我把音樂的音量降低。

「喂！你到了嗎？」他問。

「我不能去了啦！我媽的狗生病，我陪著來看獸醫。」手機那頭的女人回答。

「怎麼又搞這種飛機？你已經第二次放我鴿子了，明天早上再帶去看不行嗎？」

「沒辦法啊！咪咪把自己的毛咬掉了一塊，我媽非得馬上帶牠來不可。」

「可是我電影票都刷卡預訂了，退票很麻煩，你知道嗎？」

短暫的沉默。

「上次你媽拉肚子，你不能出門就算了，怎麼這次連狗都來攪局？到底我和狗誰比較重要？」青年略微提高嗓門逼問，雷鳴隱隱，風雨將至。

車到達新光三越門口，我等他講完電話下車。

「你很幼稚欸！怎麼拿自己跟狗比？況且狗我們養了七年，我跟你在一起才四個月，你真的要比嗎？」女人說。

他把手機扔到座椅上，咒罵了聲「幹！」，右手握拳，用力捶了一下車窗。

我趕緊確認玻璃沒被他敲破。

「我們到了喔！」我提醒他。

「司機，對不起，麻煩載我回剛剛上車的地方。」說完，他撿起彈到腳邊的手機。

回程途中他去7-11，上車時手裡又多了一袋東西。

「司機，這些東西給你吧，給那個難搞的女人吃簡直浪費。」付車錢時，他拿了一盒章魚燒、一杯飲料，又從7-11的袋子裡拿出一罐啤酒給我。

怎麼不順便送我一張電影票啊！我心想。

啤酒只能等回家再喝了，敬難搞的女人與被狗打敗的男人。

姻緣糖註定

靠近樂成宮的十字路口，兩個女人在路邊攔車。

她們一上車就開始吃糖果。

年紀較輕的那個熟女（簡稱半熟女）邊吃邊說：「我覺得這裡的月老比較親民，點姻緣燈一年才五百元，上次高雄那間廟收八百元，期限還只有半年。」

年紀較大的那個熟女（簡稱全熟女）也邊吃邊說：「效果不一樣啦！就像你花五百元可以坐賓士車，花一百元只能坐計程車一樣。」（我好想開賓士車……）

「這包糖果的吃法你弄懂了沒？一半自己吃掉，另一半分給你愛慕的對象吃。記住，千萬要看著對方吃下去！如果他沒吃，被他妹妹吃掉了，他妹妹就會愛上你，你們就搞成同性戀了。」全熟女說。

「我聽說台北新店有一間廟的月老也很靈驗，參拜的人很多。下週要不要一起去？順便去那附近吃羊肉爐。」半熟女說。

她們在輕井澤火鍋店前下車。

我例行性地查看了後座，一顆糖果掉在座椅的夾縫間。

明天我就拿給巷口賣滷肉飯的阿財吃，看看這糖果到底靈不靈驗。

志村健與蘇東坡

週末夜，一對年輕情侶從一中夜市上車，看得出正值熱戀期。明明後座那麼寬，兩人卻硬要擠到我身後依偎在一起。從他們聊到大學甄試的話題得知，大概是高中生的年紀。

高中生談戀愛沒什麼特別，特別的是他們下車的地點，是火車站旁的一家旅館。

男生付車錢時對女生說：「你先回房，我去超商買東西。」於是，先下車的女生走進旅館。

好吧！高中情侶出遊夜宿旅館，也不算什麼特別的事，是我少見多怪了。

我想起怪叔叔志村健演過的短劇。他扮演一名高中生，在藥局裡神色飄忽、顧左右而言他，藥局老闆摸清其來意後，逐一介紹店裡所有類型的保險套，臨走前還笑嘻嘻地祝福他「**達陣成功**」。

當晚，藥局老闆回家時，志村健的手正搭在他二八年華女兒的肩膀上。白天那個熱心的老闆，瞬間變成憤怒的父親，一巴掌便往志村健的臉上打過去。

或許我想太多了，男生只是去買茶葉蛋。就像蘇東坡與佛印的故事——**你怎麼想別人，就代表你是什麼樣的人。**

（我可什麼都沒想……）

逢場作戲

「你好，請問是劉先生幫你叫車嗎？」女子上車後，我一邊緩緩開出，一邊確認叫車資訊。

「閉嘴，你不要跟我講廢話。」後座女子凶悍地回應。

我心裡一驚，從沒遇過這麼不客氣的乘客。正推演著該如何對付，她卻不給我思考的餘地，接著又是一陣斥責——

「你說會痛改前非，我又給了你一次機會，想不到只撐了一個月！難道你一點反省能力都沒有嗎？」

我趕緊反省，回想是否載過這位乘客？好像沒有。不過近來記憶力嚴重衰退，有時連昨天的事都不太記得，更別說是一個月前。總之，先認錯再說吧！

「對不起，請問小姐⋯⋯」我一邊心虛地說，一邊從後照鏡看她，才發現她正在講電話。

「你這是什麼態度？還在辯解？」她看著窗外，彷彿外頭有人振振有詞地解釋著，而她顯然不領情。

「你保證過絕對不會再去那種地方，結果不但去了，還跟人家加LINE！對方都叫你泰哥了，還說沒什麼？要等到叫寶貝才算有什麼嗎？你現在給我道歉！要是再強辯，我馬上叫司機載我回高雄！飯就找那個女人陪你吃吧！」

「回高雄」這三個字，彷彿含有強力春藥，令人聽了神魂蕩漾，如果跑成這趟，至少五千元進帳。泰哥，你可千萬別道歉啊！

電話那頭泰哥不知道說了什麼，短暫沉默的時間裡，車子前進了幾百公尺。沿路號誌不配合地全亮著綠燈，眼看離目的地愈來愈近，我第一次覺得塞車竟然是件美好的事。

「劉偉泰，你給我閉嘴！你根本沒有誠心認錯！」女人吼道，「什麼逢場作戲？你如果不去那種場所，還需要演戲嗎？這場作戲那場作戲，你敢保證哪天不會假戲真做？還是你一直都在對我演戲？婚前說會照顧我、讓我幸福，都是演的嗎？我當你是可以依靠的男人，想不到除了自己，誰都靠不住。」女人哽咽地邊說邊看著塗了丹紅指甲油的手指，感嘆自己遇人不淑。

泰哥的演技如何我不知道，但這位苦命女人的演技，我是不太信服啦。

她查看了手指片刻，想起戲還沒演完，便放下手。「怎麼不說話？沒話可說，是默認了嗎？」她乘勢繼續追擊。

「剛才要我閉嘴，現在要我說話，你到底想怎樣？」電話聲音之大，連我都聽得清清處楚。泰哥不發威，我一度以為他是硬不起來的太監。

「你對我大聲什麼？這就是你認錯的態度？你以為我要回高雄只是嚇唬你嗎？鄭重告訴你，我現在如果掛斷電話，你就算打一百通來道歉，我都不會接！」女人不甘示弱地吼回去。

我感受到後座有一股怒火悶燒著，不知道泰哥會提油還是提水來救。眼看快到五權西路轉文心路的路口，如果她真的要去高雄，就得直行上五權交流道——這裡可說是命運的十字路口。

我一心二用，一邊開車，一邊關注後座的劇情發展。她沉默片刻後掛掉電話，把手機放進手提包，拿出面紙擦臉，然後打開粉餅盒補妝。

「那個……請問小姐，現在要去高雄，還是……」我壓抑住緊張的心情，口氣謙卑地問。

「什麼？幹麼去高雄？去屋馬呀！快到了吧？我肚子餓死了。」她邊說邊往臉頰撲粉。

沒多久到了餐廳旁的路口，泰哥從店門外小跑步過來，開了後車門。女子下車後，泰哥探頭進來，丟下一句「信用卡自動扣款」，關門轉身小跑步追上前。

從背影看，略胖的泰哥身高和女子差不多，與我想像的「偉泰」形象有些落差。但名實不符的情況很常見，像我爸期待我能帶領「王師北定中原」，結果我連中正預校都沒考上。

我在路口多待了一會，以防兩人忽然一言不合，女子給泰哥一巴掌，轉身奔來，要我載她回高雄。直到服務員出來帶位，泰哥牽著女子的手走進餐廳，我才確信這趟車真的結束了。

那天剩餘的時間裡，我都想著那塊差點到口又飛了的肥肉。所謂念念不忘，必有回響。後來，我果然接到一張去岡山的車單——台中火車站附近的岡山羊肉爐。

淨空的台灣大道

太早出門了。大年初一清早的台灣大道，路面淨空，不見人蹤。

所有的都市人仍在舊歲裡沉睡著。

你算什麼男人

傍晚從高鐵站上來了一家人，一對年輕夫妻和一個三、四歲的小孩，加上兩大一小的行李箱。太太帶著小男孩坐後座，身材結實的丈夫坐前座，一個龍頭刺青從他粗壯的左臂袖口爬出來，兩顆龍眼珠瞪著我看。他從上車前就在講電話，聽對談內容像是從越南回來過清明連假的台商。太太也不遑多讓，腳上踩著細短跟鞋，右小腿處一隻張開雙翅的彩蝶跟著亦步亦趨。倒是媽媽牽著的小男孩看起來正常些，除了後腦勺垂著一條長長的辮子。

他們要到昌平路附近，這時快速道路上的車輛開始變多了，夕陽半沉在左邊的大肚山。丈夫跟電話裡的朋友約晚上去KTV，太太在後座陪小孩玩蜘蛛人公仔，一幅家庭和樂的景象。

進入地下道爬坡時，眼角餘光瞄到儀表板車速正從九十緩緩下降，實際情況是——旁邊的車輛逐一加速離去。我深踩油門，時速表指針卻依舊無動於衷地往下走。我按了警示雙黃燈，試圖從最內側車道切往路肩，卻被右側喇叭聲不斷的車流阻隔。最後，車子在中間車道完全停下來。

拋錨了。

丈夫掛掉電話，太太也安靜了，只有蜘蛛人還在吆喝著。

「對……對不起，我的車好像有點故障，麻煩你們先下車到路肩，我馬上請人來處理。穿越車道時，請小心後方來車。」我緊張地說，腦袋像針刺般發疼。

「這是咧從三——小！」餘音未完，丈夫已開了車門，箭步衝到一旁的槽化線區。我趕緊下車，開右後門，護送太太和小孩過去，想到手機還在車上，於是又上車拿手機，這時忽然靈光一閃，心想：「重新發動試試看？」

車子竟然又啟動了。

我把車開到路邊，讓他們上車，為這個突發狀況向他們道歉。道完歉後，車內陷入沉默，連蜘蛛人都沒聲音。

「**你算什麼男人？**」太太冷冷地說。

「對不起，我開計程車以來，從沒發生過這種意外，真的很抱歉。」我從後照鏡裡看著她，再度道歉。

「我不是說你。發生事情也不管老婆小孩還在車上，自己先跑了，你算什麼男人？」太太說。

又是一陣沉默。我好想播這首〈如果還有明天〉。

「司機不是有護送你們下車嗎？」丈夫中氣不足的聲調與剛才電話裡意興風發的闊論判若兩人。

「司機是我丈夫嗎？司機是小孩的爸爸嗎？」太太仍不善罷甘休。

小孩手上的蜘蛛人又開始飛來飛去，我的心跳加速，額頭直冒冷汗。

「幹恁娘咧！今仔日阮某阮囝若是發生啥代誌，你有十條命來賠陀攏無夠，駛這台是三小銅管仔車！」丈夫轉頭過來忿忿地對我罵。

我再次道歉。

到了社區門口，太太抱著小孩先行走進社區。我幫丈夫把行李推到電梯口，又跟他道了歉，當然，這趟車資也不收了。

有句話說：「聖人見微知著。」女人這方面的能力實與聖人無異。先跑兩步，就足以打出原形。

男人，千萬要防微慮遠啊！

女人為難女人

炎熱的午後，一對男女在好樂迪KTV前上車。

車子剛發動不久，車內還沒降溫，他們又帶進一股混雜著菸臭、酒氣與腥肉的味道，聞起來甚有催吐的效果。我按下外循環進氣鍵，把冷氣開到最強。

確認下車地點時，我順勢看了乘客一眼，右後方的女人年約三十出頭，染黃的頭髮垂到肩後，烈日照在她臉上，下巴與脖子閃著汗水的反光。

「抱歉，車子剛發動還有點熱，我把冷氣開到最強了。小姐，你需要紙巾擦汗嗎？」不等她回答，我抽了兩張濕紙巾遞過去。

「謝謝……」女人接過濕紙巾說，「你看，司機都比你貼心，也不拿紙巾幫我擦汗，沒心沒肺的男人。」她有點生氣地對身旁的男人抱怨。

「喂！拜託，我身上又沒紙巾。哪個男人會隨身帶紙巾？」男人無端被罵，語氣裡透著悻悻然。

本想插話說——我就會隨身帶紙巾啊！想想還是算了，男人不要為難男人。

男人迅速轉移話題，開始聊起帶女人去梨山果園度假的計畫：喝酒、烤肉、唱卡拉OK，水蜜桃免費吃到飽。他描繪著快樂的度假景象，女人卻說：「只要能讓我不受打擾、一覺睡到天亮，就是最快樂的事了。」

「不過，有件事要先解決……」男人接著說，「我的車牌被扣了，與其花錢租車上山，不如先繳掉罰單，把車牌領回來，省得去哪都得花錢坐計程車。」

「……但我身上沒錢繳罰單。」男人補充說。

「我身上也沒錢了，幹恁娘，誰叫你讓朋友開車？每次提到這件事我就火大，幹恁娘。」女人說。

「幹！我跟你解釋過很多遍，那天在場的人只有阿德沒喝，我怎麼知道他駕照早就被吊銷了？如果我自己開回去，酒駕一樣會扣牌，罰得更多。」男人不服氣地回答。

女人沒再回話，短暫的沉默後，男人仍不死心：「你能不能跟老闆預支這個月薪水？」

這句話像點燃了引信，女人瞬間爆炸：

「幹恁娘，你不知道錢是老闆娘在管的嗎？她住院時是怎麼對我的，你不清楚嗎？老闆拿蘋果給我吃，結果她逢人就說我吃掉她的蘋果！幹恁娘，護理師也吃了蘋果，她怎麼不敢給她們臉色看？我照顧她那麼辛苦，胖得像隻豬一樣，半夜還得抱她下床上廁所，害我骨頭差點斷掉。有次我累到白天不小心睡著，幹恁娘，她居然拿寶特瓶丟醒我欸！幹恁娘，也不體諒我的辛苦，賺她的錢怎樣？錢是白拿的嗎？幹恁娘，有錢就可以糟蹋別人？不爽，我明天就不幹了，不賺她的錢又不會餓死。幹恁娘，居然還懷疑我是不是跟老闆搞曖昧？以為老闆給我一顆蘋果吃，我就會跟他上床？幹恁娘，我有這麼廉價嗎？我還跟老闆說她腿摔斷了心情不好，叫他多來醫院陪陪她。幹恁娘，好心予雷親，我如果是她丈夫，也不想看到那副凶惡的嘴臉！幹恁娘，要我去跟老闆借錢？你是嫌我被侮辱得還不夠嗎？恁娘袂爽明天就不去上班了，有幾個臭錢是有多了不起，幹恁娘！」

女人罵完後，男人沒再回話，車子在烈日下安靜地向前行駛。

忽然，女人拍了拍我的座椅說：「司機，靠邊停車，我快吐了。」

顧不得後方有沒有來車，我迅速從快車道橫切進慢車道，停在路邊，女人下車後，在人行道旁嘔吐了幾次，然後蹲下來把頭埋在兩膝間，動也不動。

「你要不要下去看看？」我問男人。

「她喝多了，吐完就沒事了。」男人說，但他還是下了車，站在女人身旁點起一根菸。

沒多久，女人緩緩起身，走過來上車，男人又抽一口菸，才把菸頭扔掉，繞到另一邊上車。

「還好嗎？」我問，又抽了兩張濕紙巾遞給她。

「好多了，可以開車了。」女人說。

「你晚上去把機車修好，我明早上班要騎，每次發動都得用腳踩半天，累得要死。」她對男人說。

「那你要拿修車錢給我，身上快沒錢了。」男人說。

「你沒錢了？前天不是才給你三千元？」女人問。

「剛才包廂的錢、酒錢、菜錢，都是我出的欸。」男人辯解說。

車子抵達目的地，女人付了三百元後先下車。我把零錢找給男人，他下車快步追上了女人。傍晚陽光將他們的人影斜拉到馬路上，任憑往來車輛輾過。

菸臭、酒氣與腥肉味混雜著「幹恁娘」的餘音，在車內久久不散。

What a Wonderful World

春假過後的市區，人潮像隨著回暖的天氣蒸發了，倒是計程車沒見減少。中午在火車站前繞了兩圈，排班區的計程車擠成一堆動也不動，看來是拿不到入場券了。等綠燈一亮，我就準備離開。

這時，一個左手包紮吊在布巾裡的中年外國男人，和一個年輕的東方面孔女人並肩走過斑馬線。外國男人用右手指了指我的車子，我向他點頭示意可以載客。

男人先上車，女人跟著進來。男人遞了一張紙條給她，她看完轉交給我說：「司機，麻煩到這個地址。」聽口音，她是台灣人。

紙條上的地址在華美西街，十來分鐘的車程。

「Hi, Jane. Nice to meet you.」外國男人說。

「Nice to meet you.」台灣女人回答。

「You know, you are just as beautiful as I imagined.」

「Thank you.」

「I have good feelings for you. Even though this is the first time we have met, as if we have known each other for a long time.」

「Thank you.」

怎麼這個台灣女人只會說 Thank you 呢？

短暫沉默後，外國男人伸手撫摸台灣女人的後頸，她僵在那裡沒動，我們在後照鏡裡迅速交換了一下眼神。

「司機，你知道『我不是隨便的女人』用英文怎麼說嗎？」她問我。

「抱歉，我不懂英文欸！」這時候，最好裝作不懂，事實上，我還真不知道「隨便」的英語怎麼講。

「I am a good girl.」她用撒嬌的語氣說。

「Sure, you are a good girl. This is why I like you so much immediately. I like good girls.」外國男人順勢把她攬過去。

這下，兩個人都消失到我後面去了。

十分鐘後，到達目的地。在我找零錢的當下，外國男人對她說：

「This is where I live. I never let any woman visit my apartment. You are the only one.」

「Thank you.」她回答。

下車後，外國男人摟著台灣女人的肩膀走進大樓，車裡，莎拉・布萊曼正唱著〈What a Wonderful World〉。

鴨子拌嘴

週一中午，從東區上來一對年輕情侶，他們要去西屯的一家日式餐廳。

男的說：「朋友推薦點鰻魚飯，飯Q魚嫩，聽說燒烤也好吃。」

女的說：「那我要點烤中卷、雞翅。」

男的說：「好。」

女的又說：「還要茶碗蒸。」

男的還是說：「好。」

接著，女的問：「吃完飯，可以陪我去新光三越看鞋子嗎？」

男的誇張地說：「天涯海角我都陪你去。」

路上他們說說笑笑，愛情像外頭的陽光一樣燦爛。

到了餐廳門口，老式木窗內一片漆黑，木門玻璃後掛著「**本日公休**」的牌子。我不確定地說：「好像沒開欸。」

男的轉頭去看窗外：「沒開？」

女的傳來回音：「沒開？」

男的從口袋掏出一張名片：「我打電話問問。」

女的說：「都沒營業了，你要打給誰？打給鬼嗎？」

果然，鬼沒接電話。

男的說：「現在怎麼辦，吃什麼？」

女的說：「出門前就該確認了，你做事怎麼老是沒頭沒腦？」

男的提議：「不然我們去新光三越的地下美食街吃？」

女的反對：「美食街東西那麼難吃，環境也不好。」

男的似乎有點生氣，提高音量：「那你到底想吃什麼？」

女的沒答話，短暫沉默後，男的說：「司機，載我們回原來上車的地方。」

好像倒帶一樣，我又沿著來時路開回去，外頭陽光依舊燦爛，車內持續沉默著。

到了上車的巷口，女的開門下車，走了。

男的本來已經掏出車錢，猶豫了片刻後說：「司機，麻煩載我去太平。」

不過為了一餐飯，搞得天涯海角也不去了。

天涯海角跳表應該能賺不少錢。

忽然想到一首名為〈鴨子拌嘴〉的國樂曲，或許拌嘴，也是愛情的樂趣之一吧？

見山是山

週日晚上，我到寶雲寺載客，一對男女向我招手上車。他們要去兩個地方，男人先在漢口路的熱炒店下車。

「你覺得今晚的演講如何？」女人問。

「法師長得挺帥的，真是浪費了。」男人說。

「浪費什麼？」

「長那麼帥，不出家應該會很有女人緣，白白浪費了一個帥哥。」

「你真的很膚淺欸！法師不是說『凡所有相，皆是虛妄』嗎？」

「我就膚淺咩，俗人一個。」男人哈哈笑著。

手機LINE響起，男人開擴音接電話。

「喂！Johnny，你要過來了嗎？」電話裡一個男人問。

「在路上了，你們都到了嗎？」男人回答。

「你們不要喝太多，明天還要上班。」後座女人在一旁插話。

「Johnny嫂，我們小酌而已，十二點前一定把他送回家。」那頭把電話掛斷。

「上次我要你做的事情，你還沒做。」短暫沉默後，女人忽然開口。

「什麼事？」男人滑著手機，心不在焉地回答。

「我叫你把英文名字改掉。」

「吼！怎麼又是這件事！」男人語氣裡帶著無奈。

「我跟你說過，我不喜歡這個名字，你跟前女友分手都已經多少年了，為什麼還要用她取的英文名字？每次聽到別人叫這個名字，我就不舒服。」

「那你說，要叫什麼你才滿意？」

「叫什麼都比強尼好，你可以叫薩古魯。」

「薩咕嚕？那不是《魔戒》裡那個頭頂沒毛、老唸著『my precious』的小怪物嗎？」

「不是，薩古魯是靈性上師，很有智慧，是當世的聖人。」

我忍住笑，彷彿肚子裡吞了顆手榴彈。想像他們耳鬢廝磨時，女人忘情喊著「喔！薩古魯！」的畫面，恐怕這個男人會立刻進入「聖人模式」吧。

「我也沒有多喜歡強尼這個名字，單純就是用久了，大家都叫我強尼，E-mail 跟網路帳號也都用 Johnny 開頭，要一個個改很麻煩。」男人放軟聲調解釋。

「結婚典禮上你是怎麼跟我爸說的？你說不會讓人欺負我，現在欺負我的人，就是你。」女人聽起來快哭了，山雨欲來。

紅燈倒數八十九秒，我真想趕快把男人送到目的地，幫助他脫離困境。

「剛才法師不是說『一切有為法，如夢幻泡影』嗎？既然世間一切都是空，叫Johnny或Donkey有什麼差別？」男人眼看溫情訴求無效，改用說理策略。

「既然沒差，那你改名字有什麼關係？」女人反問。

不得不佩服佛法的高深，雙方攻防，竟都用同一個理論，反紅旗的人也打著紅旗。

綠燈亮了，我在熱炒店門口停車。

「晚上回來前，我要看到LINE的名字改掉，不然你就去睡沙發。我是認真的，你自己看著辦。」

熱炒店裡傳來勸酒的鼓譟聲，男人嘆了一口氣。看來，今晚有正當理由可以借酒澆愁了。

男人下車後，我繼續往下一個目的地前進。

「你經常聽佛法演講嗎？」我問。

「對啊！多聽佛法可以增加智慧，減少煩惱。」女人說。

「那法師有講過『非風動，非幡動，是人心動』的典故嗎？你們吵的，既和前女友無關，也和名字無關，不過就是人心的擾動。」

「那你知道『見山是山』有三層境界嗎？我和我先生吵架，他是心亂如麻，我是心靜如水。表面一樣，境界不同啊！」

我猜想此刻她丈夫，應該正一邊豪氣地喝酒，一邊誇口：「大丈夫，行不改名！」

不過，睡了幾天沙發後，怕是咕嚕或薩咕嚕，都無所謂了。

新男人是誰

週一傍晚，高鐵站前，一個約三、四十歲的女人上了車。她留著旁分短髮，穿淺綠襯衫、筆挺黑色長褲，揹深藍色單肩包，動作明快地關上車門，交代先去逢甲大學接人，再到日月千禧酒店。

行駛在74快速道路上，她接起電話，沉默地聽了一會，突然不耐煩地打斷對方：「李副理，講重點，告訴我原因和結果就好。」

片刻之後，她交代李副理：「告訴客戶，貨品可以退，公司會自行處理，但訂金依合約不退還，有任何問題，請法律顧問向對方說明。」

掛掉電話後，她問我抵達逢甲的時間，接著又撥出一通電話：「大概八分鐘到校門口。」

到了逢甲，她降下車窗，朝校門口一個長髮、黑色洋裝、戴墨鏡的女人揮手：「我在這邊。」

長髮女人上了車，沒有說話。

「你的臉怎麼了？」短髮女人問。

「沒什麼。」長髮女人回答。

短髮女人摘下她的墨鏡，露出顴骨上一塊瘀青。

「眼鏡還我。」長髮女人把墨鏡重新戴上。

「他打你嗎？」短髮女人問。

「沒有。」長髮女人說，「今天早上，他逼問我新的男人是誰？我不想爭吵，他抓住我的手不讓我出門，我掙脫時摔倒，撞到沙發椅。」

「我倒希望是被他打的，這樣我心裡可能好受些。他不是壞人，我們不應該這樣傷害他……」長髮女人說。

「所以，你不打算告訴他真相嗎？」短髮女人問。

「我還不確定。」長髮女人說。

「但我很確定，你只是沒有勇氣接受而已。」短髮女人語氣堅定，「他不是壞男人，你也不是壞女人，但你們不適合。你離開，他才有機會遇到真正愛他的人，你也才能追尋自己的幸福。」

「可以先不要公開嗎？我不知道他如何跟親友解釋，我也不知道該如何跟爸媽和小孩說明……」長髮女人說。

「不用擔心，等你準備好了，我會陪你面對。」短髮女人說。

「我們先去吃飯吧！」到達酒店門口時，短髮女人提議，然後問我：「司機，附近有推薦的餐廳嗎？」

「飯店斜對面有金色三麥，從文心路迴轉就到了。」我說。

「不用迴轉了，我們從路口自己走過去。」她說。

兩人下車，走到快慢車道間的分隔島時，斑馬線號誌的小綠人已開始跑步。短髮女人正要跨步衝過寬闊的市政路口，長髮女人伸手拉住她。

小紅人亮起，她們手牽著手、站在分隔島上靜止不動，任由往來車輛在身旁穿梭而過。

男人好可憐

週五晚上，親親影城的電影剛散場，一對男女手牽著手，在門口招手攔車。

女乘客先上車，男乘客坐在右後座。

「男人真是愚蠢又自私懦弱，明明是垂手可得的幸福，偏要搞成悲劇收場。自己死掉一了百了，卻讓愛他的女人獨自承受痛苦。」女乘客說。當她說到「**愚蠢、自私、懦弱**」時，同為男人的我，彷彿背後也被插了一刀。

「如果不是迫於無奈，誰想自殺？男人內心的苦悶掙扎，女人哪裡能懂！」男乘客回答。

可惜我的音樂裡沒有〈心事誰人知〉，只能按兩聲喇叭表達滿腹的悲哀。

「真的喔！男人好可憐！」女乘客把頭斜靠在男乘客肩膀上撒嬌，算是諒解了男人的無奈。然後她興致盎然地講起新年去日本泡湯賞雪的旅行計畫，男乘客看著窗外，偶爾附和幾句。

除了少數愛情悲劇電影，大部分的愛情還是甜蜜喜劇居多，我心裡想。

秋夜涼如水，車子伴隨巴哈的鋼琴音樂一路向南，忽然，周杰倫的歌聲在男乘客背包裡深情響起——

「久未放晴的天空，依舊留著你的笑容，哭過卻無法掩埋歉疚……」

男乘客低頭慌亂地翻找背包，女乘客坐直身子，我降低車內音樂聲量。

「風箏在陰天擱淺，想念還在等待救援，我拉著線複習你給的溫柔……」

終於，男乘客從背包裡翻出手機。螢幕亮光映照著他死白的臉色，他按了嘟的一聲，掐住周杰倫的喉嚨，把手機丟回背包。

「誰打來的？」女乘客語氣冰冷。

沉默，鋼琴音符急凍成一顆顆冰雹，敲得腦袋發疼。

也許我該改播貝多芬《英雄交響曲》第二樂章「葬禮進行曲」。

周杰倫死而復活，又開始唱歌，男乘客盯著前方，一動也不動，任憑周杰倫掏心挖肺地唱下去。

「你不接電話嗎？你不敢接電話嗎？」女乘客冰冷的語氣下，滾動著火山熔岩。

「有什麼不敢？我怕什麼！」男乘客拿出手機。

「不怕你就開擴音，我要聽那個女人講什麼。」女乘客說。

男乘客果真沒在怕，開了擴音。電話裡，那個女人啜泣地說家裡的狗得了急性腎臟炎送醫，情況不樂觀。

男乘客兩面為難，既不能不表示關心，又不能表示太多關心。於是，他就在「哦哦」、「嗯嗯」中支支吾吾地把電話講完。

女乘客想必有點失望，她一直隱忍不語，等著電話那端的女人講出「我好想你」之類的話，來個人贓俱獲。但期待卻在「我好擔心」、「我好難過」、「我好不容易」的話語中落空。

「你不是說沒聯絡了嗎？為什麼她還打電話找你？」掛斷電話後，女乘客忽然惱羞成怒地爆喊。

紅燈前，我差點把油門當煞車踩。

「你吼什麼？是你叫我接的！何況狗是分手前我跟她一起養的，生病了跟我說一聲有什麼不對？你以為我像你這麼無情嗎？」男乘客大聲回答。

「我無情？狗生病了找你，以後她生病了也要找你嗎？我鄭重警告你，你敢去看狗或看她，你就不要再回來了。」女乘客招招直攻命門。

「你在恐嚇我嗎？我是你可以恐嚇的嗎？」男乘客憋在心裡的苦悶

引爆開來，像頭水牛般粗重地喘氣，簡直要腦充血了。
我如坐針氈地看著對向左轉號誌的倒數秒數，以及更遠處仁愛醫院亮著的紅色「急診」大字。
秒數結束前，女乘客拋下一句：「不懂得珍惜幸福，你會後悔的！」接著推開左後車門，跳下車，在車陣中疾速穿越斑馬線，走上人行道。
這突如其來的舉動，差點沒把我嚇到腦充血。

綠燈了，我緩緩前進，看著後照鏡的男乘客。
「不用管她了，她高興走回去就走回去。男人會自殺，都是被逼出來的。」男乘客語氣平靜，像無風無雨的颱風眼中心。
過了兩個路口轉進小巷，男乘客下車，又探頭進來說：「《一個巨星的誕生》拍得不錯，推薦你去看。」
我開到巷口準備轉彎時，他還站在下車的地方，一動也不動。

助人為快樂之本

週五下午一點半，接到手機程式叫車，前往大墩十八街的超商載客。按下「已到達」通知後，沒多久，一個戴棒球帽和口罩、身材中等的男人從超商走出來，坐上了車。

「先生，請問要去哪裡？」我問，因為叫車單上沒寫目的地。

他沒回答，繼續挪到左側，坐在我正後方，我以為另有乘客要上車。

「**你的車窗從外面看得到我嗎？**」他問。

開計程車這麼多年，第一次有人這樣問。我沒有把握，於是下車去確認。貼了隔熱紙的車窗映著對面陰影中的大樓與雜亂停在路旁的機車。

「看不見裡面。」我回到駕駛座後說。

「你先按跳表開始計費。」他說。

通常我都是車起動了才按跳表，但有時乘客怕浪費司機時間，會允許提早計費，每分鐘跳五元，充分體現時間就是金錢的概念。

按下跳表後，他仍盯著窗外。我無事可做，只好陪他一起看著對街的行人。

幾分鐘後，一輛白色多元計程車從文心路轉進來，停在斜對面。一個戴墨鏡、穿紫色洋裝的女人從社區大門走出來，上了那輛車。

「司機，跟著那輛白色車子，不要靠太近。」他說。

「什麼？」我沒聽懂。

「快點，車要開走了，千萬別跟丟！」他焦急地催促。

看著那輛車緩緩交會而過。這是一條以雙黃線分隔的狹窄街道，想直接迴轉並不容易。

我只好開到前方路口迴轉，幸好那輛車保持直行，趕一下就追上了。

車子在大墩路口遇到紅燈，我和那輛車之間夾了一輛黑色轎車，車裡舞曲震耳欲聾。

「先生，抱歉，我沒有提供這種跟蹤服務。」我鼓起勇氣說。

「司機，拜託幫幫忙，我保證沒有違法。車上的人是我太太，其他細節我現在沒時間解釋。這五百元是小費，麻煩你了。」他眼睛仍緊盯著前方，把鈔票放在我旁邊的扶手上。

助人為快樂之本，何況乘客是我的衣食父母。父母請託的事，當然使命必達。

那輛車進入小巷，為了不敗露行跡，我拉開了距離。還好路線不算曲折，不久後，車子又回到四線道的馬路。我保持三、四輛車的距離，穩穩跟著。

但凡事總有意外。那輛車搶黃燈過了中清路，我趕到時已轉成紅燈。那輛車在陽光下逐漸縮成白點，停在遠處的紅燈前。

等到紅燈轉綠，那輛車右轉。我像在起跑點聽到槍響的賽車般加足油門衝過路口，卻被一輛路邊剛駛出的車子擋住去路。我不得不穿梭在快慢車道間，最後甩尾右轉過山西路口。

那輛車已經不見蹤影。

前方有好幾條岔路，那輛車可能進了其中一條。

功虧一簣，我停在路邊。

「真是抱歉……」我說。

男人盯著對街汽車旅館的車道入口，沉默不語。旅館入口的熱帶棕櫚樹前放著移動看板，寫著「**午間休息 憑券優惠 2H 350元起**」，比計程車跳表還便宜。

延滯計費嗶了五次，我猶豫要不要把五百元還他。沒功勞也有苦勞，退還一半或許說得過去……

嗶到第八聲時，他終於打破沉默：「開車吧，送我到文心路市政府。」

半路上，他打了通電話。

「喂，你出門了？我剛回去拿開會資料，家裡沒人。」

我豎起耳朵，聽不清對方說了什麼。

「臨時約的？怎麼中午吃飯時沒聽你說她要來？」

電話裡仍是模糊的聲音。聽力真的不行了。

「好吧，我知道了。今晚我要跟同事聚餐，然後直接搭便車去新竹，可能不回家了。」

但「可能不回家」就代表「可能回家」，半夜一點，他也許會給太太來個意外驚喜。

到達目的地，跳表三百六十元，他另付了五百元，沒等我找零就下車了。我看著他走向市政府文心樓，才想起忘記把五百元小費還給他。

叔叔與苦瓜

新光三越旁，一個年輕婦女帶小男孩上了車。小男孩胸前抱著一架閃閃發光的戰鬥機。

戰鬥機在後座有限的空間裡飛來飛去，偶爾從我後腦勺盤旋而過，砰砰砰地掃射。

「媽咪買給你的新玩具好不好玩？」婦女問。

「好玩。」小男孩說。

「那你要答應媽咪一件事，回家後不可以跟爸比說，晚上我們跟叔叔吃飯。」婦女輕聲說。

「可是叔叔有買冰淇淋給我吃。」小男孩說。

「不行，不可以說。」婦女先是用命令的語氣，隨即緩和下來，「爸比不喜歡叔叔，如果知道叔叔跟我們吃飯飯，爸比會生氣。你不想讓爸比生氣，對不對？」

「爸比為什麼要生氣？」小男孩問。

「嗯……就像明明不喜歡吃苦瓜，媽咪如果硬要明明吃，明明是不是也會生氣？」婦女說。

「我不要吃苦瓜！我不要吃苦瓜！」小男孩生氣地把戰鬥機丟在座椅上，彷彿戰鬥機突然變成苦瓜似的。

「好好好，明明不吃苦瓜，」婦女安撫著，「那等一下如果爸比問，你要說媽咪帶你去百貨公司吃飯飯，知道嗎？」

車子停在黎明路的一棟大樓前，婦女邊付車錢邊叮囑：「等一下回家要跟爸比說什麼？」

「媽咪帶明明去百貨公司吃飯飯。」然後，小男孩又說了一句，「叔叔沒有跟我們吃飯飯……」

看來小男孩充分理解了叔叔與苦瓜的相似之處，婦女的表情瞬間凝固，她慢慢把零錢收進皮包，牽著小男孩下車。

當我離開時，看見她蹲在原地對小男孩說話，小男孩胸前的戰鬥機，在暗夜中閃閃發光。

我會一直等你

週五夜裡，載了一個年輕男子到公園路的酒店，車資三百二十元，他給了五百，示意我不用找零。剛下車，一個女人在騎樓向他打招呼，隨後請我稍等。
她進店裡，扶了一個穿西裝、微胖的中年男人上車，女人交代我載他去高鐵站。

男人不發一語，身上帶有酒氣，沒多久打了電話：「我今晚不想回家，能不能去你那？我等你下班。」
聽不清楚電話那頭的女人說什麼，只聽到她每隔一會，就回答：「可能不行。」「可能沒辦法。」後來，連「可能」也省了，只剩明確的：「不行。」「沒辦法。」
男人的音量逐漸增強，女人也不甘示弱，不開擴音都能聽得一清二楚。
「……我那麼久的熟客，現在你把我當過客嗎？難道以前對我的感情都是假的？」男人吼。
「你是我的過客，我也是你的過客，沒有誰會在誰的人生永遠停留。以前對你的感情是真的，消失了不代表不曾存在。」女人說的話頗有道理。
我心想，這男人是酒喝太多還是見識太少？難道不知道自古婊子無情，戲子無義嗎？

「跟你說，雖然我現在手頭比較緊，但只要拿回產品代理權，錢很快就會進來，到時候一定加倍補償你。」男人說。

「聽我說，你先專心處理生意，有空多陪家人，等度過難關，再來找我，我會在這邊一直等你的。」女人說。

如果沒度過難關，就別來找我了，我猜她的意思是這樣吧！

電話掛斷後，我在後照鏡與男人四目相對。他看著我說：「男人沒錢，就跟垃圾沒兩樣，現在我被當垃圾了。」

我也沒錢，垃圾司機載著垃圾乘客。

「去高鐵車資多少？」男人問。

「差不多三百吧。」

他看了皮夾裡的錢，說：「這樣就沒錢坐高鐵了。不然載我去坐客運吧。」

於是我在建國路迴轉。後來想想，應該不收車錢載他去高鐵站，說不定日後他發了，會五倍、十倍補償我，就像承諾電話裡的女人一樣。

路上，他又打了一通電話，這次是打給他老婆的，交代回家會很晚，不要把大門鎖死。

到了台中轉運站，車資兩百零五元，他給我兩張百元鈔，又在一堆零錢裡翻找五塊硬幣。我說五塊不用了。

看著他走進轉運站大門，我心想，有朝一日你若東山再起，記得我曾投資你五塊錢啊！

顧客就是上帝

下午三點，經過台灣大道公車站，站內等車的乘客中，一男一女忽然舉手攔車。我先確認後面沒有公車，才狐疑地慢慢靠邊停車。

那對男女小跑步過來，一上車便帶進一股鹹魚混著香水的味道。

一個胖女人，一個瘦男人。

胖女人卷曲的黃色短髮像乾枯的稻草，跟她的圓臉不太相襯。她穿著名符其實的粉色寬肩「小」可愛，兩隻圓滾滾的手臂從鼓脹的背心裡伸出來。瘦男人則穿了一件路邊攤常見的百元藍襯衫，右胸前繡著一隻小企鵝。他笑開嘴時，露出黃黑殘缺的牙齒。兩人年紀都在三十出頭。

「哥哥，載我們去最近的旅館。」胖女人說。

「你跟我說話嗎？」我一時沒會過意來。

「對啊！哥哥，附近有沒有便宜的旅館？」她身體前傾，把上半身擠進前座兩張座椅中間，讓我感到莫大的壓力。

「不要啦！先去吃飯。哥哥，附近有沒有海產店？我要吃蝦子補一補。」瘦男人也學她叫我哥哥。

「不然有沒有釣蝦場？現釣現烤的那種，載我們去釣蝦場。」瘦男人改口說。

轉過文心路，我正盤算著把這兩個人直接載去警察局。

「我不要吃烤蝦啦，我要吃炒的，還要喝蚵仔湯。」胖女人吵著。

「好好好，那就去海產店。哥哥，幫我們找一家海產店。」瘦男人說。

說完，他從褲子口袋掏出一疊對折的紙鈔，抽了一張千元鈔給我，我迅速確認了是真鈔。

有句話說，顧客就是上帝，把上帝送去警察局是不對的。於是，我把車暫停路邊，查了附近的海產店，重新出發。

「恁阿姊敢有水？」瘦男人問。

「水敢有三小路用？阮姊夫供阮姊仔佇眠床頂做彼種代誌，那死豬仔同款，看著就冷去啊！」胖女人說。

「所以阮姊夫才會煞著我，供我予伊爽尬那飛天咧！」

「有影無影？你遮厲害？」

「有影無影試看覓咧你就知！」

到了海產店，我準備找零時，胖女人拿起插在後座椅背的攝影明信片，問：「哥哥，這明信片是在賣的嗎？」

「我欲買一份轉去貼佇店內底欵牆壁頂面。」胖女人對瘦男人說。

我很好奇，究竟會在哪種店裡，看到自己的攝影作品。

無知的先知

週日將近中午，從中港轉運站上來兩名女乘客，年紀都不到三十歲。先上車的女乘客身形瘦削，穿一件及膝的粉紅皺褶洋裝；後面上車的女乘客體型幾乎是前者的兩倍，穿著低胸蓬鬆的白薄紗禮服。我轉頭與她們確認目的地，濃烈的香水味像浪潮般撲過來。

她們要去新天地東區店參加婚宴。

週日行經台灣大道彷彿白日噩夢，擠不進慢車道的車輛，牢牢地釘在快車道上，即使綠燈了仍漠然不動。慢車道大排長龍的車輛，為了進入百貨公司停車場，甘願耗上一個小時等候，讓我感受到近乎朝聖儀式的虔誠。

車內，兩個女人聊起新娘因嫁給企業小開辭職，從此與她們天上人間般訣別。

「新郎是她從別人手裡搶來的……」胖女人說，「今天她條件好搶別人的，改天別人條件更好搶她的，怎麼來就怎麼去。」胖女人宛如先知，對新娘未來做出警世的預言。

話題延伸到將男人當獵物，女人是獵人的種種獵殺策略，絲毫不顧前座還有個男人替她們開車。瘦女人話鋒一轉，問：「那你跟丈夫的事情解決了嗎？」

「算解決了吧！」胖女人收起先前的高昂興致，語調急墜而下，

「我終於明白，婚姻如果要繼續，就得當個瞎子、聾子，任何風吹草動，都裝沒看見、沒聽見。」胖女人果然是個有智慧的先知。

而立之年的她，往後漫長人生得一直強迫自己視而不見、聽而不聞，要當個無知的先知，實在不容易。

「反正我跟他協議好了，每個月薪水都入我戶頭，他在外面幹什麼，我可以裝作不知道。」胖女人說。

「你不是要去找專斬桃花的通靈高人嗎？」

「去了啊。」胖女人壓低聲音，「你不要告訴別人……高人說要解決問題，必須和他做那件事，才能把斬桃花的靈氣灌入我體內。」

「什麼？！那你跟他做了嗎？」瘦女人也壓低了聲音。

我等來的是一陣沉默的回答。

「現在這樣裝瞎裝聾，算是解決問題了嗎？」瘦女人繼續追問。

「高人說，**婚姻危機不是一天造成的，也不可能一天就解決**。」胖女人嘆道。

車到了餐廳門口，一個女生正站在掛著巨幅圓形囍字的紅布幔下拍照，滿臉從此過著幸福快樂日子的笑容。胖女人從LV包裡掏出百元鈔付錢。正午陽光照耀下，她微微拉低禮服上沿，踩著細跟鞋顫巍巍地走進餐廳。

同氣相求

下午到接近潭子區的崇德路四段載客。行經崇德路重劃區，兩側的現代高樓如雨後春筍般冒出，鑽過74高架道路底下，像是城市與鄉村的分界線，高樓消失了，天空頓時開闊起來。

轉進支道不久，抵達上車地點，停在一棟被稻田圍繞的兩層樓透天厝前。牆內的狗應付式地吠了兩聲，算是盡到了通報外頭有人的責任。我用手機通知乘客車已到，兩三分鐘後，聽見裡面傳來關門聲，又過了兩三分鐘，電動外門才打開。我心想，他家的庭院是不是很大、要走很久呀？兩三分鐘都夠我跑操場一圈了。

外門打開後，一個年約六十的先生攙扶著年紀相仿的婦人走出來。婦人鼻子上掛著氧氣管，透明的管線一路延伸到先生敞開的夾克裡，裡面包著一個長約半身的氧氣鋼瓶。他們倆用放慢四倍的速度，朝車子方向前進。我趕緊下車打開右後車門、調整座椅位置，等我完成一切前置作業、站定等候時，他們離我還有兩步之遙。

終於，他們走到車門旁。婦人持續用慢動作上車，挪進內側，先生才恢復正常速度鑽進車裡。我關上車門，再用二倍速快步回到駕駛座。

目的地是北屯的一家洗腎診所。

經過洲際棒球場時，雖然離五月天開唱還有好幾個鐘頭，人行道上已經排滿年輕觀眾，人龍彎過路口後繼續延伸。車內播著鳳飛飛的台語老歌，車裡車外像是兩個不同時空，我跟著哼唱〈阮不知啦〉，五月天的歌，我還真的一首都不知道。

一路上，他們既沒有和我說話，彼此也沒有交談，就這樣安靜地聽著老歌，抵達目的地。

「司機，不好意思，我太太動作比較慢，要請你等我們一下。」下車前，先生終於開口說了一句話。

我趕緊用二倍速下車，幫忙開車門，先生以正常速度下車，接著婦人用放慢四倍的速度下車，然後挽著先生的手臂，一起緩緩走進診所。

究竟是因為結婚久了無話可說，還是久到無須藉助言說？甚至，連「謝謝你」、「我愛你」都不必說？

我在車裡，望著他們的背影，那條透明氧氣管牽連著兩人，竟讓我產生一種先生正用自己的肺，輸送氧氣給太太的錯覺。

Chapter 4

曳尾於塗中

計程車司機的一天

8:00 擦拭車內外，檢查車況。

8:30 出門前往台中火車站後站排班。

8:33 一個女生路邊攔車，去台中國光客運總站，她說原本要搭公車，不小心睡過頭，車資一百九十五元。希望她常常睡過頭，總之，今天運氣不錯。

9:00 乘客下車，在附近繞了一圈後，9:15 在安可旅店前排班。

9:40 兩名移工搭車至新竹貨運站取貨，再返回原地，來回五百五十元。

10:30 轉往火車前站排班，前面還有三十幾輛計程車。

11:20 載客出班，老先生半路問能否刷愛心卡，我沒愛心，幸好他帶了現金。花五十分鐘排班，車資一百一十五，運氣變差了。

11:35 進火車後站排班。這裡的排班區在地下停車場，夏天悶熱，許多司機怠速躲在車裡吹冷氣，沒開冷氣的，就在廢氣中等待。不是當加害者，就是當受害者，兩者我都不喜歡。

12:30 出班，兩名學生到逢甲大學，車資兩百三十五元。乘客下車後，我就近買了海鮮炒麵。

13:00 在逢甲夜市邊吃邊排班。才吃幾口，13:05 接到去大遠百的叫車，趕緊收起麵前往載客。我走小巷，替乘客省了一點車資，跳表一百七十五元，給了兩百元，零錢當小費。

13:40 到新光三越排班，繼續吃麵。我前面有三輛排班車，14:50 終於載到一名日本乘客去國美館，車資一百八十五元。

15:10 前往金典酒店排班，途中接到短程單，車資一百元。15:35 再次前往金典酒店。等紅燈時，發現對面路口兩個婦女要攔車，我目不轉睛盯著路況，深怕其他司機捷足先登。幸好沒有，但還是短程，車資一百二十元。

15:55 前往太原火車站排班，這是僅停區間車的小站，排班計程車很多，出班速度慢，只能看書打發時間。

17:10 總算來了一個吃檳榔的中年男子，車內馬上充滿檳榔味。途中，他開窗「呸！」地的把檳榔汁吐到馬路上。好吧，至少沒吐在車裡，車資一百三十五元。

17:32 前往中國醫藥大學醫院排班。住院大樓前排班車一輛挨一輛，隔壁過了門診時間的復健大樓，僅有一輛空車，我補位進去。車少的地方乘客也少，前面計程車空車離開後，剩下我孤守陣地。

18:26 一名女學生從校區走過來，像從暗夜中出現的聖女貞德，她要去惠文國小，車資一百九十五元。

18:55 前往新光三越排班，途中接到手機程式叫車，一個穿黑衣、臉色陰沉的女子上車，一副「你敢走錯路，我就讓你見不到明天日出」的表情。幸好目的地筆直開過去就到了，車資一百五十元。

19:30 去好市多排班，買了蚵仔麵線當晚餐。

20:12 載香港夫妻去清新溫泉會館，車資兩百七十元。此地偏僻，附近只有監獄，不會有人坐車。回程順路前往彩虹眷村，也是空無一人。

21:05 再回到好市多排班，肚子又餓了。

21:25 五名馬來西亞遊客搭車去逢甲夜市，一路用奇怪腔調的閩南語聊天，聽來既熟悉又陌生，車資兩百四十元。

22:00 五名台中科技大學醉醺醺的學生從X-Cube夜店上車。只有一人清醒，其餘四人：一人拿著手機在找手機，一人對著塑膠袋乾嘔，一人自得其樂地唱著歌，一人早已不省人事。下車時，清醒的學生不斷為同伴的失態向我道歉，車資兩百一十五元。

22:20 前往中友百貨排班，百貨公司已打烊，只剩搬貨的廠商人員忙進忙出，十五分鐘後放棄排班，前往一中夜市。

22:42 兩名穿著時尚的大陸女學生從夜市走出來，確認是跳表計費後上車。一路聊著同學如何對她們龐大的治裝費不以為然，車資一百零五元。

22:50 到中國醫藥大學住院大樓排班。一個婦人上車，往返大里住處與醫院。途中她也問能否刷愛心卡，我說她不像已六十五歲，她開心地說：「我七十四了！」想必光線太暗我眼花了，車資三百八十五元，她給了現金四百元。

00:15 繼續在醫院前排班，沒客人，空車回家。

今天營業十六小時，收入三千四百一十元，總里程一百四十七公里，扣掉租車費六百元，油資五百元，淨收入兩千三百一十元。

所謂計程車司機月入六萬，是指每天工作十六小時、月休四天的業績。但平均時薪約一百四十四元，只比工讀生高一點罷了。

這就是計程車司機的一天。

沒愛心的司機

我是個很帥，但沒愛心的計程車司機。

早上路過金典酒店，幸運的排班區還有一個空位，左轉燈一亮，我順勢溜了進去。沒多久，對向一輛計程車開過來，發現滿位就不甘願地開走了。

「你運氣不好啊！」我學Mr. Bean朝那輛計程車扮鬼臉。

這時段的金典酒店，多半是退房旅客搭車去高鐵站，運氣好的話，還能載到去台中機場的客人。

輪到我頭班了，我睜大眼睛盯著飯店門口。

忽然，餘光瞄到一個老太太從對面巷子走出來，慢慢穿過馬路上停等紅燈車輛的空隙，直直朝我走來。

有種不好的預感……

老太太開後門上車：「去中國醫藥大學醫院。」

好吧，高鐵站和機場下次再去了。

「司機，你本人比證件照帥多了。」老太太看著椅背上的執業登記證，似乎想給我一點精神安慰。

到了醫院門口，警衛走過來幫她開車門，車資一百零五。老太太打開小皮包，拿出敬老愛心卡：「我要刷愛心卡付錢。」

「對不起，我不能刷愛心卡！」我說。這跟挾泰山以超北海的難度相同，是誠不能也。

「為什麼？你不是愛心司機嗎？」

「抱歉，我不是喔。」

「長這麼帥，怎麼會沒愛心呢？」

「這跟帥不帥沒關係，車上要裝設專用的刷卡機才能刷愛心卡，我沒裝，只收現金。」我解釋。

她看了錢包，說自己只有一張百鈔，待會還要買東西。

「不好意思，我不知道你不是愛心司機……不然麻煩你載我回上車地點，我要坐愛心司機的車。」

對老太太來說，回到原點不過是多等一趟車，對我來說，卻是做了兩次白工。我雖然沒愛心，但智商還是有的。

老太太像個石雕呆坐著不下車，車子堵在醫院門口，警衛站在敞開的車門邊神色不耐，我也急了。最後，只好免費讓她下車，叮囑她下次要搭有敬老愛心卡貼紙的車，並不是每個計程車司機都有愛心的。

將近中午，醫院附近擠滿空車，我索性打道回府休息。

我是個既沒愛心又懶惰的計程車司機。

壞人司機與長髮男人

朋友淑惠曾說：「開車時麻煩把長髮綁起來，不然會嚇壞女乘客，我也不敢坐你的車。」
雖然她並沒有因此來搭車，但我仍從善如流，上工期間會把頭髮綁起來，免得嚇壞像她這樣膽小的乘客。
但凡事總有例外。

週日下午，在中友百貨排班，一個阿嬤牽著兩、三歲的小女孩過來。當我為她們開後車門時，小女孩忽然蹲下來放聲大哭，怎樣也不肯上車。阿嬤不斷哄她，卻不見效。我站在車門邊一臉窘態，心想：**不少人說我不笑的表情像凶惡的江洋大盜，該不會是我嚇著她吧？**

正當我心虛時，阿嬤轉身對我說：「真抱歉，都是她媽媽誤導她了。她媽媽吃過男計程車司機的虧，後來只搭女司機的車，還跟女兒說男司機都是壞人，所以她才不肯上車。」說完，她抱起小女孩準備硬塞進車裡，但小女孩哭得更大聲了。
我心裡暗忖，這樣一路撕心裂肺哭到家，我也要跟著受罪了。排班區中沒有女司機，後面兩位司機長得也不比我善良多少。急中生智，我放下紮著的長髮，對小女孩說：「小妹妹，你看！我跟你一樣有長頭髮，你是女生，我也是女生喔。」

奇蹟發生了。小女孩怔怔地看著我，像水龍頭被關掉一樣，哭聲漸歇。阿嬤趕緊抱她上車，我趕緊開走。

車上，哭累的小女孩睡著了，阿嬤抱怨說：「你們這些大人都亂教小孩。」

先解決眼前的問題最重要，日後她長大了，自然會明白，**不是男司機就是壞人，不是留長髮就是女生。**

奇幻旅程之計程車版

電影《班傑明的奇幻旅程》裡有一段劇情，描述一連串偶發事件如何環環相扣，最終導致女主角黛西被計程車撞斷腿的悲劇。**只要其中任何一個環節沒有連上，悲劇就不會發生。**

下午，在一中商圈排班，一名女學生從後方走來，直接開門上車。前面還有兩輛空車，她本該去坐前面的車，但既然已經上車，我也不好趕她下去，就載她前往精明商圈。

女學生下車後，我轉往金典酒店排班，途中尿急，於是把車停在永豐棧飯店空無一車的排班區。上完廁所準備離開時，一個女子從轉角冒出來，要搭車去嘉義。

最後我就在嘉義某間小吃店裡，吃火雞肉飯當晚餐。這是我早上出門時，完全沒預料到的。

如果女學生選擇了前面的計程車，我會繼續待在一中商圈排班；如果半路不尿急，我會直接前往金典酒店；如果永豐棧的排班區已有其他計程車，那個女子就會坐上別人的車。只要任何一個「如果」發生，最後我都不會在嘉義，吃著這碗火雞肉飯。

每天開始時，我不知道今天會遇見什麼人、發生什麼事，只能等待一連串的偶然，把一天串連起來。這就像我的人生，去年我沒想到今年會來開計程車，而今年，我不知道明年又會幹什麼？
我的名字雖然有個「定」字，人生卻弔詭地充滿不定的變數。我想起《火線追緝令》裡，艾爾．帕西諾跟勞勃．狄尼諾一警一匪，在咖啡廳裡相對而坐的那場戲。

艾爾．帕西諾問：「So you never wanted a regular-type life?」
勞勃．狄尼諾反問：「What the fuck is that?」

Yes, What the fuck is that?

等待果陀

中午經過東興路口，眼角往大墩二十街飯店前一瞥，排班區裡一輛計程車都沒有。

一輛都沒有欸！

剛從新光三越開過來，那裡跟朝馬轉運站擠了一長排計程車，我連入場門票都沒有，結果在這裡發現祕境，簡直像哥倫布發現新大陸。

我立即迴轉，優雅地從排班區第四格滑行到第一格。

賣家獨占市場，這下是我挑乘客了，看不順眼的，就讓他去別的地方找車坐。承蒙幸運之神眷顧，如果載到長途的，我就去吃牛排，載到短程的，至少還能吃碗牛肉麵。

拿出Beckett的舞台劇本《等待果陀》來讀，好整以暇地等待乘客上門。

讀了十頁，二十五分鐘過去，站在飯店門口的服務生換了人，**沒有乘客，有點奇怪。**

讀了二十頁，又二十五分鐘過去，太陽躲到建築物後，**沒有乘客，非常奇怪。**

不久，一輛計程車開來，司機下車，坐在路邊摩托車上吃便當。（看他啃雞腿，我肚子也餓了。）

我過去跟他聊天，感嘆自己已經在這裡待快一小時了。

他斷定我是菜鳥：「中午司機不會來這裡排班，早上退房的房客都走了，下午住房的還沒到。」

吃完雞腿便當後，他走了，我繼續守株待兔。現在放棄，豈不浪費了先前的等待？

半小時後，我終於也走了，準備去買兩顆茶葉蛋填肚子，臨走時，戀戀不捨地向空曠排班區深情回眸，想到劇本裡小男孩說的話——果陀今天不會來，但明天一定會來。

明天乘客一定會來。

命運的嘲弄

週三晚上九點，進入新光三越側門的排班區，前面已經有兩輛空車在等候。

雖然側門劃有計程車排班區，但多數乘客寧願直接到台灣大道攔車，或在正門搭乘百貨公司簽約的台灣大車隊，只有誤打誤撞的人，才會從側門冒出來搭車。

不過今晚很幸運，來不到十分鐘，第一輛排班車就已載客離開，我遞補上第二順位，後面又來了兩輛車。

幸運這種東西毫無規則可循，同樣的，不幸也是如此。接下來的半小時，很不幸的一個乘客都沒有，四輛計程車亮著空車燈，痴痴等在路邊，看著從側門出來的人滿懷希望地靠近，又在希望幻滅後走遠。

九點四十五分，排在最後的計程車棄我們而去，重新分配了在場司機所承擔的不幸重量。

百貨公司十點打烊，九點五十五分，側門外站出送客職員，人行道上方星點般的網狀燈光率先熄滅，我仍抱著星點般渺茫的期望。

十點零五分，走廊燈關閉，人行道變得更加冷清；馬路上，新光三越和大遠百下班員工的車輛如滿漲的河水，隨著紅綠燈變換，一波波推進，終於也將前面那輛計程車沖走了，空車燈隨車流漸行漸遠，消失在路口轉角。

現在，就剩我和後方的計程車相依為命。不過，我仍握有「先出車」的優勢，當然，後方司機也不是認命的魯蛇，他悄悄把車倒退到最後一格停車位，以便攔截從後方走來的乘客。

十點二十五分，洶湧的車潮退盡，前後兩輛亮著空車燈的計程車依舊不動如山。此刻爭持的已經不是誰先載到乘客了，而是誰先承受不住命運的嘲弄，落荒而逃。

開計程車的校友

週六新光三越周圍的交通簡直是場大噩夢，週六下雨的新光三越周圍，更是超級大噩夢。所有車輛不分廠牌與貴賤，全都堵在台灣大道上，大家關起車窗，用吐出的廢氣互相嘆息。

兩個女生從新光三越側門上車，要到東海大學女生宿舍。前方不遠的路口號誌轉為綠燈，車上正放著Sarah Brightman的〈Nessun Dorma〉，當她激昂地唱到「Vincero, Vincero」時，我終於搶在黃

燈的最後一秒，左轉擠進台灣大道車流中。

其中一個女生說自己很喜歡聽歌劇，我猜她是音樂系學生。她說是哲學系的，我告訴她們，我也是東海哲學系畢業的。她們露出難以置信的表情，問我怎麼會來開計程車？我說：「哲學家史賓諾沙還是名玻璃工呢！所以你們不必擔心畢業後找不到工作，哲學在任何領域都能派上用場。」

記得大學上「哲學概論」時，授課老師向這班哲學新生信心喊話：「**不必擔心哲學系畢業後找不到工作。**」這番話起了一定程度的鼓舞作用，第二年只有一半同學轉到外系。後來，我選修中文系的「文字學」，授課老師同樣向學生信心喊話：「**不必擔心中文系畢業後找不到工作。**」中國學術傳統裡的文、史、哲不分家，看來對於「所學何用」的憂慮，也是不分彼此。

到了東海校門口，警衛不准計程車進校，要讓學妹冒雨走到一公里遠的女舍，未免不近情理，我拿出校友通行證給他看，他遲疑了一下，才允許我開車進校。

這個警衛大概沒遇過開計程車的校友吧！

白飯澆醬油加滷蛋

據統計，胃病是計程車司機易得的職業病之一。很少有司機能夠切出一個固定、不被干擾的時間好好吃飯。當然，不是做不到，而是事有輕重緩急。賺錢為重，當生意好的時候，沒時間吃飯是常有的事。

週五晚上接連載客，過九點還沒吃飯，加上早餐吃得晚，中餐直接省略，已經餓到胃裡像抽了真空似的，一陣一陣緊縮。乘客在北屯果菜市場附近下車，離最近的逢甲夜市排班點還有五、六公里，這也強化了該吃晚餐的動機。於是開始在巷弄裡找餐館。

可能因地處偏遠，加上用餐時間已過，左鑽右繞都找不到餐館，又不肯屈就於便利商店的速食，就在準備放棄時，看見一家還亮著招牌燈的小吃店，於是直接把車塞在店門口、閃了雙黃燈跳下車。

「我們打烊了喔！九點打烊。」我拉開玻璃門、腳都還沒踏進去，櫃檯後正在算錢的老闆娘抬頭對我說，我看了牆上的鐘，九點十五。我不死心問：「都沒有了嗎？」

「都沒有了！」老闆娘把疑問句改為肯定句。

正準備退出門時，坐在前面邊吃飯邊看新聞的男人轉頭看我，**「咦？你不是那個計程車司機嗎？」**

「對啊，是我。」心想，我是哪個計程車司機啊？

男人起身脫下頭巾走過來，似曾相識的臉。

「上個月我搭你的車，本來要去台中火車站，後來你載我去豐原火車站，你留長頭髮很好認。」

我記起來了，當時他要去台中火車站趕北上的自強號，我看了時間只剩十八分鐘，即使沿路超速闖紅燈也可能趕不上，就建議改去豐原搭車。結果我把他送達豐原火車站時，離發車還有十分鐘。

男人接著對櫃檯的女人說：「你記得上個月去日本旅遊，你忘了帶網路分享器，我又坐計程車回家拿，找到東西後，我跑到中清路攔了他的車。」

「什麼我忘了帶，明明是你負責帶的，怎麼有這種丈夫啊？」女人抗議。

男人笑著賠不是，轉身問我：「你要點餐嗎？」

我尷尬地看著老闆娘，老闆娘看著男人，看來決定權在他手上，男人說：「沒關係，要吃什麼你看一下，廚房還沒收。」

我實在餓到白飯澆醬油，再加個滷蛋都能接受，不過還是奢侈地點了肉絲蛋炒飯。

男人走進廚房，裡面傳來鍋鏟聲。我把飯錢付給老闆娘，她鎖上櫃檯抽屜，也走進廚房，我獨自看著角落播放的電視新聞。

沒多久，老闆娘和男人走出來。男人把紅白條紋的塑膠袋交給我說：「肉絲蛋炒飯多加了些蝦仁，豆腐貢丸湯是我老婆送的，謝謝你那天讓我趕上火車。」

雖然豆腐貢丸湯不過才三十元，但我還是很高興。達成工作上的要求，叫做專業；比工作要求給得更多，那就是心意了。心意無價，不管是幫乘客趕上火車，還是一碗豆腐貢丸湯。

離開後正想著該在哪裡吃晚餐，手機叫車訊息又進來了。有乘客要到台中榮總，還是先賺錢吧。榮總接近大度山公墓，待會應該能找個沒人干擾的地方，好好吃飯。

新年快樂

我對節慶向來沒有強烈的感受，總覺得像跨年這種時段，是人為刻意安排出來的，時間就像連續的河流，沒有哪一分一秒比較特別。

最後一天的計程車生意跟其他假日差不多，晚上八點多，剛好載客到住處附近，我乾脆收工回家，打算這樣平凡地結束一年。

吃了一碗加蛋的泡麵當晚餐，九點多睡覺。沒有意外的話，睡醒新的一年就開始了。但事情總有意外，十一點五十分，手機叫車通知響起，把我從夢境拉回來。我到離家一百公尺的7-11載客，一個化濃妝、穿黑色皮衣和短牛仔褲的女生上車，說還要等三個朋友。

幾分鐘後，跨過午夜十二點，附近響起煙火聲。我看著窗外不時被點亮的夜空，對女乘客說：「新年快樂。」

她哀怨地回了聲：「謝謝。」

我猜，她大概是為了跨年倒數這個特別的時刻，竟然陪著一個怪叔叔度過而感到沮喪吧！

十分鐘後，三個女生終於來了。其中一人上車後不斷道歉，說原本十一點就該下班，硬是被主管留下來盤點，害大家錯過了跨年倒數活動。我安慰說：「現在泰國的跨年倒數還沒開始呢！」但她們沒理我。

到了目的地MUSE夜店，店內傳來轟隆的重低音與DJ的吆喝聲，店外冷清地蹲著兩個抽菸的男生。道歉的女生還在付車錢時，後座三個女生先行下車，與那兩個男生一同走進夜店。看來，陪怪叔叔倒數跨年的怨氣一時是難消了。

結束載客後，我轉往逢甲夜市，很快載到回東海大學宿舍的三名學生。半路，同行司機狂叩我，叫我趕快去洲際棒球場，五月天跨年演唱會已進入安可曲目，散場搭車人潮就要湧現了。

但我向來不愛往人多的地方擠。學生下車後，我轉往鄰近東海的榮總急診室，這裡既沒人也沒車。

閒著沒事，我把車停在空蕩的排班區，進急診室逛逛。門口保全低著頭滑手機，報到處有兩名消防員陪著一個歪坐輪椅上的老婦人填資料。大廳很冷清，冷清到足以當選「跨年最不受青睞場所」的前三名。

幾張空病床擺在中央，左側房間門敞開，一名穿綠色手術服的醫師專注盯著螢幕，不確定是在看病歷報告，還是追劇。大多數陪病家屬都睡了，偶爾傳來醫療機器的嗶聲與病人的呻吟。

在這裡，年歲更替毫無意義。去年的病痛，今年照單全收，無法歸零，也沒有重新開始的可能。「新年快樂」是悖離現實的想望。

等待搭車的乘客出現，似乎也是不現實的想望，於是我空車離開了，車內播放著莫札特的《安魂曲》。

上帝的安排

去台中榮總探望腦癌開完刀的好友。他說：「剛好，你現在開計程車，以後做治療可以請你載我來醫院。」好友是虔誠的基督徒，他認為我此時開計程車，是上帝的安排。

正巧遇到教會牧師來探望他，牧師為他禱告時說：「……請主賜給他堅定的信心，見證信仰強大的力量……」我不免聯想到聖經中的《約伯記》，歷經苦難的約伯完成了信仰的見證，但我無法理解——為何一個正直又敬畏神的人，必須承受悲慘的折磨？

另一件讓我不解的事情是，我以為開計程車是自己的決定，結果卻是上帝安排我在這齣現代約伯記中扮演一個角色。而上帝沒有詢問我的意願，就強拉我入戲。讓我入戲倒也罷，**但我多希望扮演一個接送好友全家快樂出遊的計程車司機。**

誠如牧師所說，上帝賜給了好友堅定的信心，讓我見識到信仰的力量。此後，載送好友去治療成為我的固定行程。我看著他從行動如常，到步履蹣跚、舉步維艱，再到以輪椅代步，最終癱瘓在床。撒旦一點一點地剝奪他的幸福，卻從未聽過他怨天尤人，一次也沒有。癌症摧殘他的身體，卻無法讓他的心志屈服。

我見證了好友對上帝的信仰，卻沒有看到上帝賜予他的奇蹟。上帝賜給約伯雙倍的財富，加上新生的子女，但好友卻在癱瘓臥床一年後，器官衰竭離世。

為何上帝賞賜約伯，卻無視同樣信心堅定的好友？如此賞罰不一，讓人難以理解。但我無法理解上帝也是合理的，上帝行大事不可測度，視野狹隘如井底之蛙的我，哪能參透上帝對人間大戲的安排？

子曰：「敬鬼神而遠之。」撒旦也好，上帝也罷，還是離遠一點比較安全，免得像約伯或好友那般，被強拉入戲，成為賭注輸贏的棋子。

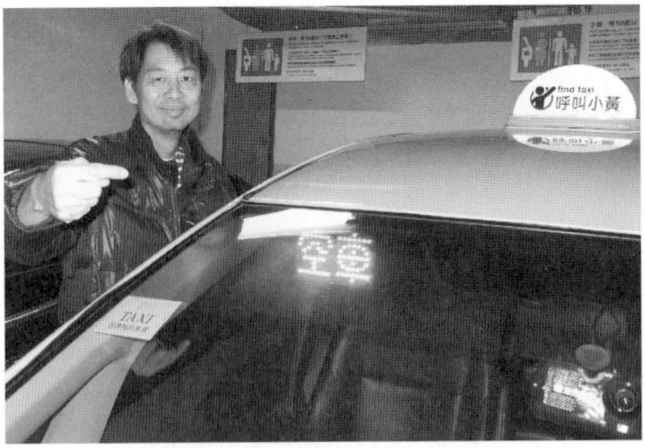

驚死袂出頭

接近夜裡十二點，路過太原火車站，車站外只剩一輛排班計程車等候最後一班區間車到站。
我也加入排班行列，運氣好的話，能載到與回家同方向的乘客。
火車到站，零星走出幾名乘客，其中一人搭上前面的計程車離開。
車站空了，看來是白等一場，我發動車子準備離開。
此時，電梯門開了，最後一絲希望，一個男人慢慢走來，打開車門，上車時帶進一股酒氣。
還沒來得及問他去哪裡，手機響了，他接起電話。

「幹恁娘，尬你供會去就是會去啦！催三小，佇計程車頂啦！」
「幹！囉嗦欸查某人。」男人又補上一句。
看起來年紀跟我差不多，穿著Polo衫、西裝褲，腳踩拖鞋。
「司機，你放這是啥米音樂？聽攏無。你敢有卡好聽欸歌曲？」男人問。
「歹勢，我隨尬你換音樂。」我關掉貝多芬的《英雄交響曲》，改放江蕙的台語專輯。
「司機，你為啥米停落來？黃燈催油門尬衝過去就好啊！你毋知影我咧趕時間是麼？」看著前方車輛搶黃燈衝過十字路口漸行漸遠，男人有點不悅。

「我驚衝過去尬郎相弄加衰欸！」我說。

「驚死就袂出頭！像你遮驚死，就一世郎尬郎駛車，郎叫你向東你就向東，郎叫你衝你就愛衝，知麼？」

「你遮暗猶咧開車，一定無娶某著麼？你遮驚死，當然嘛娶無某！你看我厝內一個某，外口閣飼一個細姨，就是郎供欸小三啦！做郎愛敢拼，才會出頭，才會幸福啦！」

他在一棟新蓋的住宅大樓前下車。

我把音樂換回貝多芬的《英雄交響曲》。

開到十字路口，又遇上黃燈，我也就加速勇敢衝過去了。

十六億怎麼花

台中火車站新站完工後，建國路這一側規劃了兩個計程車排班區。大部分乘客會在緊鄰火車站的內側排班區搭車，外側排班區的計程車只能撈到少數迷失方向的漏網之魚。沒有乘客的地方，計程車自然也少，很容易就能擠進外側排班區。

週一下午，內側排班區的計程車像緩慢流動的河水，外側則幾乎是一池停滯的死水。我前面有一輛，後面還跟著三輛，我在車上讀英文文法，讀了半天〈假設語氣的用法〉，這一節始終讀不完。

幾個一起困在這池死水裡的司機聚在我後面聊天，我眼睛盯著英文，耳朵聽著他們國、台語夾雜的對話，思緒亂成一團，最後只好放棄看書，下車伸展筋骨。

「我買了兩千，你買多少？」藍衣司機說。

「我買一千，一半自選，一半快選。」橘衣司機說。

「這跟怎麼選無關，關鍵是數量。我花了兩倍的錢，中獎機率就比你高一倍，懂不懂？」藍衣司機說。

「我從獎金累積到十億就開始買，到現在花掉快一萬了。」橘衣司機說。

「如果能中十六億，花十萬都值得啦。」藍衣司機說。

「如果沒發財運，花一百萬也不會中。我只買一張，會中的話，一張就夠了。」紅衣司機說。

「看你欸衰樣就無像有發財運，無就袂欲六十歲啊猶佇遮尬阮咧練痟話。」灰衣司機說話毫不留情。

「你不要太鐵齒，明天讓我中十六億，我馬上換台賓士300的計程車，讓你羨慕到吐血。」紅衣司機說。他開著車齡超過十年的Toyota Vios，在幾輛排班車中相形見絀。

「著十六億猶閣需要駛計程車嗎？你這種死頭腦，註定就是駛計程車欸命啦。」灰衣司機繼續砲轟他。

「讓我中十六億，我就去植髮，一根一千，花一千萬植一萬根，恢復我英俊瀟灑的模樣。」藍衣司機摸著光亮的前額說。

「你有夠好笑，著十六億，就算禿頭，嘛有一堆郎抱著你欸大腿無愛放好麼？」灰衣司機轉移砲火。

「幹！讓我中十六億，明天馬上給你們一人一百萬，別說我不夠義氣。」橘衣司機說。

「恁娘咧！著十六億才分一百萬，這你嘛說欸出嘴。」灰衣司機對誰都不爽。

他們熱烈地討論著各種十六億的用法，讓這池死水因此有了生氣，好像十六億註定會落在這四人之中。

載客離開後，我趁著空檔也買了兩張，後來想想，藍衣司機的話有道理，數量決定勝率，於是趕在開獎前又多買了三張。這是我的上限了，如果像藍衣司機那樣買兩千，等於把今天三分之二的收入都捐出去了。

雖然當晚八點就開獎了，但我還沒想好十六億要怎麼花，所以遲遲不想對獎。我的腦海湧現長久以來被貧窮監禁在想像中的美好事物，還有世界各國的浪漫美景。有了十六億，所有想像都能從監禁中釋放出來，走入真實人生。不過我擔心萬一飛機掉下來，沒了小命，十六億只能拿來買金棺材，於是打消了環遊世界的念頭。

但無論怎麼絞盡腦汁大肆揮霍，卻仍有十五億不知所歸，讓我困擾得一夜輾轉難眠。

隔天下午，又去了火車站排班。外側排班區依舊是一池死水，沒人再提起十六億的事。我繼續讀英文文法，讀了半天〈讓步的表達方式〉，這一節始終讀不完。

恁爸對伊姓

週二下午，沒有一點風，陽光投下的行道樹影黏死在地上。新光三越旁，一輛輛計程車緊挨著，像填字遊戲般將排班格占滿。偶爾，會有百貨公司的特約計程車從正門右轉過來，在欣羨的目光中揚長而去。

秋老虎發威，車裡待不住人，三個排班司機坐在行道樹旁的花台上抽菸、打屁。一個約莫四、五十歲的男人，頂著「地方支援中央」的稀疏頭髮，上身的淺藍無袖內衣頸口已經脫線破了個小洞，隆起的啤酒肚將內衣撐出一道弧形，內衣下襬紮進藍色寬大的七分牛仔褲裡，露出無毛的粗腿肚，以及一雙舊藍白拖鞋。他在對面停車場盡頭撒完尿後，搖擺著雙臂，活像遶境遊行的八爺，穿過馬路走到花台。

八爺從褲袋裡掏出菸盒，坐著的司機拿出打火機，為他點菸。計程車動也不動，打屁的主題從政治轉到女人——這兩者都具備隔岸觀火、說說算了的同質性。

「欸，嘿敢毋是阮囝？哪欸佇遮？阿生啊！阿生啊！」八爺突然朝著五十公尺外、電影售票口的人群大喊。我和幾個司機順著他的喊聲望過去，幾個買票的人也朝著這邊看。

「那欸按呢！我咧叫伊無袂睬我煞做伊走？不成囝是咧從三小？車

尬我鬥看一下！」八爺一邊說，一邊朝著電影售票口小跑步過去，消失在轉角處。

大約十分鐘後，他從百貨公司中間的玻璃門出來，回到司機群。

「按怎？有逐到麼？」一個司機問。

「幹恁娘，我明明看到這款不成囝取一個查某囡仔，伊夠有越頭尬恁爸看，哪欸煞一時啊就走尬無看到郎。這欸時間伊應該愛佇學校讀冊，那欸走來遮？閣取一個七仔，幹恁娘！暗時轉去伊就知影死活，恁爸啊無拍尬伊叫毋敢，恁爸就對伊姓。」八爺忿忿地說。

「可能是你目睭花去看毋著啦。但是話供倒轉來，我啊是恁囝取小姐來約會，看到你穿按呢，我嘛欸見笑尬走哪飛咧。」一個司機說，其他人聽著都笑了。

「穿按呢是有啥米毋著？穿西裝拍領帶敢就會卡高駛車？我是咧見笑三小？按怎穿我嘛是個老爸，伊讀冊欸錢、趴七仔看電影欸錢，敢攏毋是我這欸見笑老爸逐天駛車十二點鐘賺來欸？」八爺揮舞著右手，愈講愈激動。

「毋通烏白想啦！恁囝可能是蹺課驚你尬罵，才欸走去啦。我以前讀高中欸時準嘛是按呢，毋讀冊走去撞球，聽到阮老爸佇球間門口咧喝郎，我隨對後尾門偷旋出去。囡仔攏是按呢啦，毋通聽伊咧烏白供。」另一個司機趕緊安慰他，同時遞上一根菸。

恰好兩個打扮入時的女人走過來搭車，司機們把「香車載美人」的福利，讓給排第三順位的八爺。

看著他低頭搖擺身軀走向車子，我忽然想起朱自清〈背影〉裡的父親，也想到八爺的兒子正坐在電影院裡，吃著爆米花、牽著女孩的手，把晚上回家要挨打的事，拋在百貨公司外無風燥熱的陽光之中。

還能再看到幾次新月

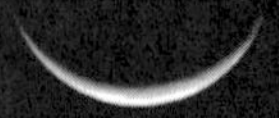

二〇一六年春天，從北海道回來後，我開始厭倦長年獨自拍攝風景的封閉狀態，想找個接觸人群的事情來做，於是決定開計程車。

拍風景時，我必須獨自一人，並非怕別人干擾，而是怕自己被干擾。兩者看似相同，實則主客體不同。當年我在臉書預告要前往北海道進行三個月拍雪的計畫，一個年輕女孩說：「讓我跟你去吧！你睡床，我睡沙發，保證不會騷擾你。」我沒有同意，倒不是怕她違背承諾，而是怕陷入「她到底要不要騷擾我」的庸人自擾之中。

人總是嚮往遠方，現在日日浮沉於人車鼎沸間，反倒想念起與天地獨處的時光，寂靜到彷彿能聽見月亮在天際挪移的聲音。

或許我還能再看到下一次的新月，但此生是否還有機會看到北海道雪地裡的新月，我倒是沒把握了。

Chapter 5

虛己以遊世

我愛烤鴨

週六下午，一對父子從牛排館前上車。父親短髮、中廣身材，兒子穿著T恤牛仔褲，長髮及肩，看起來像大學生。

一開始兩人沒有交談，兒子側身看著窗外。忽然，父親開口：「你剛才對阿姨講的話很失禮，你知道嗎？」

「什麼失禮的話？」兒子轉頭回答，他有一張清秀的臉，氣質跟父親完全不同。

「就是**『吃素救地球』**的鬼話啊！在場的人不是吃牛排就是豬排，你要吃素我沒意見，但你講那些話，好像暗示其他人都在危害地球似的。你阿姨一家人從美國回來，好意請我們吃飯，你卻讓大家難堪。」父親雖然沒有很大聲，但語氣裡聽得出不滿與責備。

「不是我主動講的，是阿姨問我為什麼點素食，我難道不該回答嗎？」兒子理直氣壯。

「這是家族聚餐，不是地球危機研討會，誰想聽你那些嚴肅的理論？連什麼場合該講什麼都搞不清楚？書都讀到哪去了？」父親音調略微上揚。

「我講的是事實，如果不想聽，阿姨就不該問。你們危害地球，我連講都不行嗎？」看來，大義凜然的兒子準備跟老爸正面對決。

「我們危害地球？就你最愛地球？那你乾脆騎腳踏車回家好了，坐車用汽油不是也會污染地球嗎？」父親賭氣反擊。

「我本來就沒坐計程車的習慣。」雖然被戳中罩門，氣勢頓時弱了幾分，兒子仍不肯妥協退讓。車子在紅燈前停下，他突然開門跳下車，頭也不回地大步走進騎樓。我和父親一時都呆住了。

父親怔怔地望著兒子走遠，卻沒有要下車的意思。綠燈亮起，我只好繼續前進，車內的沉默凝結了空氣。

「他要是繼續這麼固執、不懂人情事故，將來一定會吃苦頭的。」父親感嘆。**他兒子未來如何我不知道，但如果大家都愛地球、不坐計程車，我大概只能喝西北風了。**

車子在一家烤鴨店前停下，父親拿出一張千元鈔讓我找零。我面有難色地說，我也只剩大鈔。於是他讓我稍等，回店裡拿零錢。

我順著他的背影望去，店門口玻璃櫥窗內吊著的幾隻金黃烤鴨，用空洞的眼神瞪著我。不久，他拿著錢出來，還帶了一盒烤鴨送我。

「抱歉今天讓你看笑話，這是我店裡熱銷的招牌烤鴨，你嚐嚐看。」他說。

「不用啦！」我客氣地推辭。

「**你該不會也是吃素——愛地球吧？**」他尷尬地問。

「不愛地球，不愛地球，我愛烤鴨。」我傻笑著回答。

幹麼不跑回去

下午依手機叫車程式上的地址前往載客。車子在曲折的窄巷間繞行，彷彿房子蓋到哪裡，才臨時想到要開條路出來，亂無章法。即使用了估狗地圖導航，還是走錯。路邊停滿摩托車，又擺了盆栽，倒車折返簡直比職業駕照的曲線進退路考難度還高。

繞過圓環，轉過里民活動中心後，眼前豁然開朗。一名高中模樣的男生站在籃球場邊朝我揮手，說球賽快結束了，請我稍等一下。

求學時，我也熱衷打籃球，年紀大了，便放棄這種容易衝撞受傷的運動。我降下車窗，看著球場上兩邊人馬追著球跑來跑去，覺得年輕歲月已經好遙遠了。

隨著最後一顆球投進，球場上一個男生抱著籃球，和場邊觀賽的男生一起走過來搭車，告訴我目的地。

我在手機地圖中輸入地址，忽然有點難以置信——地圖資訊顯示三分鐘車程（**五百五十公尺**）。

我轉頭，打斷他們正在討論球賽的談話，確認地址是否正確。

拿著球的男生說：「地址沒錯。」

我提醒：「距離只有五百多公尺？」

他回答：「差不多。」

（接著，我真想問：「只有五百多公尺，幹麼不乾脆跑回去？剛剛都在球場上來回跑那麼遠了！」）

不過，我沒有問。自己無法理解的事，不代表不合理。我那些每天在跑步機上運動的朋友，出入卻習慣以計程車代步的，不乏其人。這是我開計程車以來，載過最短的距離。我不禁好奇，這個紀錄未來會在什麼情況下被打破？

昨日重現

人生不相見，動如參與商。今夕復何夕，共此燈燭光。少壯能幾時，鬢髮各已蒼……——杜甫〈贈衛八處士〉。

偉瑛請我載她母親去參加高中同學會，我答應了。沒多久，她又傳來訊息，說她母親想見我——「**她對於我的安排，非常沒有信心**」訊息中這麼寫，其實也就是對我沒信心。這場會面，形同資格審查。我聯想到環保局的求職面試——考生得背著五十公斤米袋跑八百公尺。一群年過八十的長輩，如果有人忽然身體不適，而計程車又剛好爆胎，司機不就得背著人往醫院跑？

幸好，面試沒照著我的劇本演。原來偉瑛告訴母親，我是藝術家，開計程車僅是為了體驗不同的人生。我猜，她母親對「藝術家開計程車」的想像，便是「叫你向西你偏要向東，紅燈該停你偏要往前衝」的叛逆，所以才把我叫來告誡一番，順便說明這場同學會對她的意義。她母親不愛出門，但同學們年紀大了，聚會人數一次次減少，因此，她格外珍惜這一難得的相聚。

在會場，我本打算幫她們拍合照留念，長輩們不願留下自己衰老的樣貌，於是作罷。回程車上，她們聊起缺席的同學——誰已臥病不起、誰猝然離世讓大家難以置信，誰至今還在做生意拚命賺錢，又驚呼不可思議。

到了員林火車站，乘客陸續下車，彼此互道珍重後蹣跚離去，最後車裡只剩偉瑛的母親和另一位搭便車回台中的同學。

偉瑛母親向身旁的同學說：「時間好快，轉眼六十多年過去了。我記得你以前在班上很愛講笑話，講到連自己都忍不住笑了，就握著拳頭遮住嘴巴。」

「真的嗎？我不記得了。」她同學說。

「我記得啊！就像昨天才發生的事……那時候我們好年輕啊！」偉瑛的母親笑著說。

她們聊起少女時代的趣事，嘴角微揚，牽動臉上滿布的皺紋。

抵達台中後，為避免意外，我親自攙扶她們下車。看著她們的身影，我不禁想，在佝僂衰老的體貌下，是否仍藏著一顆少女的心呢？

少年ABC

週五中午，從台中醫院上來了一老一少。阿嬤弓著背，開車門時手還顫抖著，少年Ａ小心攙扶她坐進車裡，收起四爪枴杖後，自己才從另一側上車。

「你跟我回家，我弄中飯給你吃。」阿嬤說。

「我下午還要打工，來不及了，我自己會去吃。」少年Ａ說。

少年明顯偏瘦，前額稀疏，一副不怎麼會照顧自己的樣子。

「你無父無母，都沒人做飯給你吃，每次想到我心裡就難過。」阿嬤哽咽地說。

「不要再講這些了啦！一個人活在世上，如果連吃飯都沒辦法自己處理，那不是廢物嗎？我從小哪件事不是靠自己？父母有什麼用？你生兒子有用嗎？還不是都要靠自己。」少年Ａ忽然激動起來，講話音量提高了不少。

「不然我給你一千塊，你拿去買東西吃。」阿嬤說。

「不用給我錢，你自己留著。等我考上證照，就會有好工作了，現在只是過渡時期，不要擔心。」少年Ａ說。

下車時，車資一百二十元。少年Ａ先給我一百元，又在口袋裡掏零錢。我跟他說零錢不用給了。他跟我道了謝，下車挽著阿嬤枯細的手臂，祖孫倆緩步朝騎樓走去。

傍晚，在一所私立高中附近，兩個換了便服的少年，混在穿制服的學生群中招手攔車。我擠進接送學生的進口轎車車陣載人。

「下週成大的校外參訪，你去嗎？」少年B問。

「不去。」少年C說。

「班導說校外參訪算正式上課，不去會扣操行分數唷！」少年B說。

「我爸要我畢業後直接出國，我又不打算讀那所大學，幹麼去浪費時間？你爸不是認識學校董事嗎？叫他幫忙打電話，請董事跟學校老師說一聲啦。」少年C說。

「應該是你叫你爸打電話給我爸，再叫我爸打給董事，程序這樣才對吧？」少年B說。

「有夠麻煩的！」少年C說。

他們在公益路一家餐廳前下車，騎樓S形圈了一列排隊人群。車資兩百三十元，少年C給我三百元，說零錢不用找了，我跟他道了謝。

他們和等在門口的兩個女孩聊了幾句，四人一起走進餐廳。

萬法唯心

今天載到一名人生幸運組的乘客。

中午，我在一棟高級住宅大樓前等候去台中機場的乘客，一個年輕男子拉著Rimowa行李箱從氣派豪華的大廳走出來，刻意打理過的短髮、黑色襯衫映襯出白皙姣好的肌膚，搭配膝蓋破了洞的水洗牛仔褲，一個美麗時髦的女子走到車邊與他擁別，叮囑他買禮物回來。男的俊秀女的俏麗，簡直是偶像劇的真實版。

上車後，他說要去澳門拜訪在紐約一起念大學的同學。我提起自己曾在紐約待過一年，住上城哈林區附近，他則住格林威治村。我們還聊到SOHO畫廊、林肯中心音樂會、東村半夜才開始演出的舞台劇。他說，研究所打算申請舊金山的加州大學柏克萊分校，感受不同城市的風貌。

我常覺得，**每個人的生活，幸福與不幸的總和都是一樣的**。只是幸福容易被看見，不幸多半隱而不顯。此外，人們習慣漠視自己的幸福，同時放大不幸的部分。其實，自己的生活沒有那麼糟糕，他人的生活也未必如想像般美好。

回程途中，車內還留有他的古龍水餘香。我試著想像，他生活中不幸的部分可能是什麼？例如，以危險為由，被父母禁止騎摩托車？

又或者，想跟同學合租公寓，卻被迫住進飯店式套房？

《華嚴經》說：「萬法唯心造。」不幸多源於內心的主觀感受，幸福也是。生在王公將相或販夫走卒之家，這些客觀條件無法改變，唯一能選擇的，是如何看待這些命定的條件。

所謂「一念天堂，一念地獄」，上天堂或下地獄，關鍵不在富貧美醜，而是內心的選擇。人世修行的考驗，內心更甚於外境。心明，陋室亦是天堂；心無明，華廈也成地獄。更何況，人世繁華如夢幻泡影，光是對無常的擔憂，就足以讓人自陷地獄之中。

有受皆苦，生而為人就必須承受無常在背後插刀，帶傷而行。若再親手補上第二刀、第三刀，終將讓內心成為瘡痍滿目的刀山；或者，境由心造，既然人間如夢，天堂的夢境，亦不過一念之隔。

茫然的五十歲

下午，我受託載唐鳳到逢甲大學演講，車上，兩名陪同的學生討論著該跟唐鳳聊些什麼。

「聊貓吧，她有養貓。」女同學說。

「這跟演講無關吧？」男同學回道，「不如問她對當下台灣青年處境的看法。」

「太沉重了吧？好像不適合在計程車裡聊。」女同學說。

結果，回學校的路上誰也沒開口，車裡只有音樂聲與唐鳳滴滴答答敲打筆電的聲音。

媒體對唐鳳傳奇人生的報導中，有一項是——她在十一歲那年立志改革台灣教育。

前幾天，我載了兩名高中女生，她們聊著大學的專業選擇。其中一人感嘆：「不知道該選哪個類組、不曉得人生目標在哪裡，真的好茫然。」

當時我心想：我五十歲了都還不免茫然，你才十八歲，不是很正常嗎？更何況，真的有人在十八歲就確定自己的人生目標嗎？

結果，還真的有，而且是在十一歲。

不過，說到立志，我小時候也立過志，還要更早——國小三年級的時候。

我立志長大後要當廟公。

那時，家附近有間北天宮，我常在上學途中躲進去補寫因貪玩而沒完成的作業，然後趁升旗時，從廟旁的排水溝鑽進校園。

當我十萬火急地趴在廟前台階趕作業時，廟公坐在中庭的問事桌後，一邊搖孔明扇，一邊泡茶、聽廣播。中午放學路過，他躺在涼椅上，一邊搖孔明扇，一邊聽廣播、睡午覺。傍晚在廟前廣場玩耍，他又坐回早上的位置，一邊搖孔明扇，一邊泡茶、聽廣播。

那時我就立志，長大後一定要當廟公。

廟公是鄰里中唯一敢跟學校訓導主任放狠話的人。我看到訓導主任，就像老鼠見了老虎，嚇得腿軟。但他為了燒紙錢的煙飄進校園的事，竟然敢拍桌對訓導主任說：「你不讓我燒紙錢，神明生氣怪罪，就有你好看！」

後來，訓導主任被調到他校當校長，不知道是不是「神明給他好看」的結果。總之，這些事情，讓我更堅決長大後要當廟公。

或許，哪天不當計程車司機了，我可以把這個童年志向，重新放進我的人生計畫裡。

To 按表 or not to 按表

早上從台中南區載了兩個女士前往豐原花博園區。途中，她們熱烈討論農曆年假的安排，一個要參加義大利深度旅遊團，另一個打算去京都自助旅行。我邊開車邊遙想計程車穿行於羅馬競技場與京都清水寺的浪漫，直到被眼前不經意看見的景象強行拉回——**計費表的金額是零，我忘了按表。**

車子已在高速公路上飛馳，如果此刻補按，前面路程的車資，就要當作贊助她們的旅費了；直接以距離計費，損失較少，但若乘客堅持按表收費，會落到只能收八十五元起步費的下場。一路上，我在腦中演練如何說服她們：「兩位女士，不好意思……」這開頭不對，前輩曾說，遇到年長的女乘客，一律叫「姐姐」。

到達目的地，我露出小學生忘記帶作業本的無辜表情，「兩位小姐，不好意思……我忘了按表，能不能改採距離計費？車程是二十二公里，每公里二十五元，補貼起程費用三十元，紅燈停等就不另外算錢了，這樣車資四百八十元，可以嗎？」我一口氣說完，不讓她們有機會插話。

她們互看了一眼，其中一位說：「喔，好吧。」拿出五百元給我找零後下車。雖然成功化解危機，卻隱約覺得哪裡不對勁。

原來，我的算術比小學生還差。

遊客還不多，我猶豫是否要在附近等候載客。豐原並非我熟悉的營業區域，曾經等了一下午，最後還是空車回台中。但空車行駛既不環保又增加成本，最後決定去豐原署立醫院碰碰運氣。

排班區只停了一輛計程車。司機約六十歲，穿著夾腳拖鞋，走過來跟我聊天，遞了一支香菸給我，我說沒抽菸；他又拿出檳榔向我示意，我說也沒吃檳榔。他露出紅裡帶黑的牙齒，曖昧地笑說：「你無食菸閣無食檳榔，賺欸錢是攏提去開查某呢？」然後，他開始講述司機生涯的風流韻事。

沒多久，一名女移工推著坐輪椅的老人過來。風流司機罵了一聲：「夭壽！這老伙仔坐短途欸。」問我要不要先出班，目的地剛好往台中方向，便答應了。風流司機叮囑不用跳表，直接收兩百。

女移工先在副駕駛座鋪了塊塑膠布，我跟她合力把老人搬上車。這時風流司機挨過來小聲地說：「你愛稍注意，頂擺這個老伙仔佇我車內底挫屎。」我聽了暗暗叫苦，就知道好空欸代誌輪不到我。

一路上，我的餘光不斷盯著老人鼓脹的運動褲，看起來有穿紙尿布，但我仍免不了擔心。好不容易抵達目的地，我才鬆了口氣，卻發現自己又犯錯了。

剛剛上車時，我不自覺地按了跳表，現在老人直視著一百二十五元的計費表金額。若收兩百，便是違法超收；若按表收費，老人就會知道自己長期被坑，下次來這裡排班，肯定會成為司機的公敵。

最後，我說：「車資通常是兩百，不過如果我父親還在，年紀應該跟您差不多，所以算您一百二十五就好。」

老人聽了頻頻道謝，還邀我進屋喝茶。我看了看他的屁股，態度和善但意志堅定地婉謝了老人的盛情，空車回台中去了。

要窮要死天註定

下午去了一趟台南，看台南人劇團的舞台劇《在世界中心叫不到計程車—於是改搭Uber》。火車誤點，我到台南火車站時，離演出只剩二十分鐘。不過，誤點總比翻覆好，有了極差的對照坐標，事情雖不令人滿意，也會變得比較容易接受。

為了與劇名無縫接軌，我打算從車站搭Uber去台南文化中心，結果台南居然沒有Uber——在世界中心叫不到Uber，只好改搭計程車。**現實與戲劇，總是有落差的。**

計程車有點舊，司機有點老，後座鋪了竹片蓆子。我問司機生意如何？司機感嘆說生意愈來愈差，一天開車十二小時，每月淨收入也才三萬，比三十五年前剛入行時還差。這十年來，光他知道自殺的司機就有十幾個，跑路的更多。他一邊說，一邊熟練地在小巷裡跟來車交會。

走投無路選擇自殺，各行各業都有，不能一竿子打翻一條船，直接與計程車司機劃上等號。反觀我是混得不好，才來開計程車的。

司機見我沒答腔，就自顧自地說下去——

自殺死了還不是最慘的，最慘的是自殺失敗的。有個司機燒炭，窗戶沒關緊，腦袋燻秀逗了人卻沒死；另一個從五樓陽台跳下去，沒摔死變成植物人，本來家裡就夠苦了，還帶來更多麻煩。是不知道五樓跳下來不會死嗎？有夠笨的！

到達文化中心時，戲已經開演了，車資一百六十五元，我匆忙遞上兩百元，說不用找了，司機笑著道謝。這微不足道的小費，希望能讓他暫時忘卻同業的失敗悲劇，哪怕只像流星劃過夜空般短暫。

劇中，同樣有個失敗的計程車司機，兩次生意失敗，兩次婚姻失敗，最後淪落到開計程車。不過，導演還算仁慈，沒讓他走上自殺的絕路，他仍然繼續過著失敗的人生——**畢竟，戲劇與現實，還是有落差的。**

演出後，與邀我看戲的朋友喝咖啡，她用人類圖為我算命，就是那種輸入生日、出生地點，便能知道此生命運走向的圖表。她看著圖上那些不明所以的數字論斷說：「你此生真的賺不到錢。」

生於何時、何處，是造物主決定的。造物主就是真實人生的導演，導演要你窮、要你窮到求死還死不成，你能不照著劇本，自作主張亂演嗎？

我喜歡靈性

週五晚上將近十點，在永豐棧飯店載客，三位西裝筆挺的中年男人走出來，飯店服務生開門鞠躬致意。走在前面的男人向我招手，後面兩人勾肩搭背，其中一個矮胖的男人嘴裡叼著菸。

招手的男人坐前座，矮胖男則被扶進右後座，一身酒味，另一人從左後方上車。他們要去文心路口的金錢豹酒店續攤。

一開車就遇上東興路的紅燈。車內微光一閃，透過後照鏡，我看見左後座男人拿打火機為矮胖男點菸，瞬間車內混雜著菸味與酒味。

「抱歉，車內不能抽菸。」我轉頭提醒。

「唉呀！沒關係啦，馬上就到了。我把車窗打開通風。」前座男人邊說邊降下車窗。

矮胖男重重吐了一口菸，我只好把另外三扇車窗都打開。

過東興路，又遇上台灣大道的紅燈。

「很抱歉，車上真的不能抽菸！」趁著等紅燈，我又說了一次。

「這位運將大哥，你今年幾歲？」前座男人邊鬆開領帶邊說。

「五十一。」雖然不清楚年齡和車內禁菸的關聯，但我還是據實回答。

「你知道後座這位副總幾歲嗎？四十二。他一個月賺的錢比你一年還多。你知道為什麼他能當副總，而你只能開計程車嗎？」前座男人停了一下，似乎在等我回答。

「因為我不抽菸嗎？」我說，但沒有人笑。

「不是，因為你死守規則，不知變通，所以只能一輩子當計程車司機。」

知道「變通」的副總繼續抽菸。大墩路口又是紅燈。

「今天是你的幸運日，載到改變你一生的貴人。有空來找我，我保證下次你去金錢豹，不是開計程車，而是坐計程車去的。」前座男人說完，把名片放在手煞車旁的凹槽裡。

綠燈後，很快就抵達金錢豹。酒店少爺開車門，左後座男人下車去攙扶副總。

車資九十五元，前座男人從西裝左口袋掏出一卷千元鈔，我瞪大眼睛看著他從最內層抽出一張百元鈔遞給我。

右腳剛跨出車門，他忽然又轉身說：「等等，給你小費。」

他伸手進右口袋，掏出小費給我時說：「記得來找我，下次我們一起來金錢豹。」

我點了點掌心的小費——兩枚十元硬幣，一枚五元，三枚一元。

下車後，他又從千元鈔裡抽出一張百元鈔，塞給開車門的酒店少爺。

媽的，開車門能賺一百，這錢彷彿是從我手裡被搶走的一樣，讓人心痛。

戴上老花眼鏡，我認真地看著他所留下的名片——

亞太區經理，靈性能量水晶，獨家代理。

應該盡快抽空去找他。

畢竟，我喜歡靈性、喜歡能量，更何況，我絕對喜歡金錢豹。

地獄不空，與我無關

從高鐵站載了一名穿西裝、拖著行李箱的男乘客，要前往中科飯店。

下快速道路後，在崇德路與昌平路的米字路口，遇到一個從九十九秒倒數的超長紅燈。

明天就是週五，接著元旦假期，男乘客來出差順便度假，於是我播了小野麗莎的Bossa Nova，營造悠閒的假期氛圍。

一黑一虎斑兩隻狗輕快地穿過斑馬線，鑽進機車行旁的巷子。紅燈繼續倒數，小野麗莎繼續唱著慵懶的歌。

沒多久，虎斑狗又從巷子裡竄出，跑進春水堂旁的小巷。黑狗緊跟在後，嘴裡叼著一隻貓，車燈前閃過滿口鮮血的黑狗，以及身軀垂軟、尾巴拖地的橘貓。

綠燈亮了，我緩緩起步，轉頭望向跑入巷內的黑影。後方車輛按了兩聲喇叭。

我問後照鏡中的乘客：「剛剛你有看到嗎？一隻狗咬著一隻貓跑過去。」

如果乘客也看見了，這件事就不會由我獨自承擔。但他看著iPad，連頭都沒抬，只回了一句：「是喔。」

一種事不關己的冷淡。

如果我說「斑馬線上有個女人的高跟鞋斷了」，他或許還會抬頭張望一下。

以客為尊。既然乘客沒說「要不要去看看貓的狀況？」，我也只好繼續前往目的地。

處在「要麼不管，要麼管到底」的兩極之間，我常讓自己陷入進退兩難的窘境。假設乘客同意我去查看，並從黑狗嘴裡搶回那隻性命垂危的貓，花掉這個月的收入去救治牠，然後呢？

我有能力養牠一輩子嗎？沒有。

讓牠回到街上，在充滿危險的街頭，牠還能活多久？

救了這隻，家附近新生的一窩小貓，又該怎麼辦？

這世界每天都在上演弱肉強食，適者生存的殘酷劇本。我為何可以袖手旁觀，置身事外？

或許，乘客才是對的——**無能為力的事，不必多想。**

深夜回家，毛毛翻肚，四腳朝天，睡得正熟。我看著牠，心想，我只能照顧好自己的貓。至於橘貓，還有其他的生命，請原諒我的無能為力。

沉重的人生

週日晚上，載客去逢甲夜市。乘客剛下車，對面就有兩個女人一邊招手，一邊穿越馬路。如果運氣能持續這麼好，人生該有多幸福。

兩個女人，一前一後。前面高瘦的中年婦女，穿著寬鬆的棉麻上衣，像一根掛了白旗的旗桿，從擋風玻璃前飄過。後面穿灰色T恤的年輕女生也高，但胖得像一堵厚牆，密實地遮掉半面玻璃。

中年婦女坐進後座，年輕女生卻沒有跟著坐後座，而是拉開右前門，把自己塞進副駕駛座。她手裡拿著一杯波霸奶茶，紙袋裡的雞排油脂味瀰漫車內。她把椅背向後推到底，才讓右後照鏡重新回到我的視線中。

計程車在滿是人車的福星路上緩慢移動。

「新工作還適應嗎？」後座女人問。

「還好，新工作單純多了。我負責進出貨管理，只要貨品數量沒錯就不會有麻煩，不像上個工作，得應付顧客，還得應付老闆。他還時不時暗示我，說體型會影響銷售業績，現在至少倉庫裡的貨品不會在乎我的胖瘦。」

我想像兩家店面，一家門口站著瘦女生，另一家站著這個胖女生。憑感覺，我可能會走進瘦女生那家店吧，這實在不能怪老闆。

「為了健康，不要太胖比較好，不過像阿姨這樣就太瘦了。」女人說，「弟弟呢？最近有見面嗎？」

「很久沒見了。上個月有通過電話，他還在假釋期間，每個月都得去報到，不至於亂跑。」

「有空多關心弟弟，別讓他又被朋友帶壞了。」女人說。

「其實我跟弟弟並不親，而且連媽媽都不管他了，我這個同母異父的姊姊更沒資格管吧？」女生語氣平靜，一種世事就是如此的感覺。

「你媽是家中長女，外婆過世後，你外公脾氣變得很差，生你的時候她才十九歲，有兩年不敢回家，怕你外公打死她。以前阿姨很不諒解你媽，把照顧外公的責任丟下不管。不過學佛後，我慢慢看開了，人跟人的緣分，都是註定的，我希望你別太責怪你媽。」

「不會啊，她現在有了自己的家庭，我希望她能過得幸福。我跟弟弟都成年了，有能力照顧自己，不會去麻煩她。」

「你能這樣想就好，你也該找個伴，組成家庭，才不會那麼辛苦。」

我想，這女生的伴應該會挺辛苦的，任重而道遠。

「看緣分吧！我最近認養了一隻貓作伴。」女生說。

任重而道遠的貓。常聽人說，什麼樣的主人，就會養出什麼樣的寵物。

後來，女人先下車。臨走前，給了我五百元，交代找零的錢給前座女生，但女生堅持要我把錢給女人，剩下路程的車資由她來補。

剩下的路程不到一公里，我說不用補了，她不肯，於是象徵性地收了十塊錢車資。

她下車後，車子跑起來似乎輕快多了。

人的肥胖有各種原因，這女生的胖，似乎是因為吞下太多無法排解的悲苦。她註定要囤著這些悲苦，走過沉重的人生。

醉客

之一：給太多

夜裡前往一江橋邊的小吃店載客。店外雜亂的綠色盆栽間，一塊立板寫著「**小吃部**」與「**卡OK**」兩行對仗的字。等待迴轉時，歌聲從矮屋敞開的門裡傳來，一個男人吼著江蕙的〈港都夜雨〉——「**青春男兒不知自己，要行叨位去。**」最後一句唱不上去，音調陡降八度，滿腔熱血的男兒瞬間撞上五指山。

迴轉後停在門前，我按下手機上的「已到達」鍵。不久，一個胖男人步履維艱地走出來，身後的胖女人扶著他。如果用副詞形容，女人是「有點胖」，男人則是「非常胖」。女人一手挽著男人的手臂，一手拉開前車門，男人雙手撐在車頂邊，低頭打了長嗝。我嚇得趕緊下車。

「他好像要吐了？」我擔心地詢問仍扶著他的女人。

「應該不會吧？」她不確定的語氣，讓我更擔心。

「我……明天打電話給你，你很漂亮，我非常……非常喜歡你。」男人轉頭對女人說。

女人留長髮，滿月臉，濃妝也改變不了塌鼻厚唇的事實，任何一個清醒的男人都不可能睜著眼說她漂亮。顯然，他已醉得神智不清。

男人側身塞進副駕駛座，一切已成定局。女人報了地址，車程不遠，得趕快送走他，免得夜長夢多。不料，剛過橋就遇到紅燈。

「經過藥局暫停一下，我要買解酒液，還有下一攤。」他微閉雙眼，又打了長嗝。

我盯著對向黃燈亮起，準備衝過去。沿途不斷超車，他則不斷打嗝，最後沉沉睡去。印象中，行車路線上沒有藥局，只好繞到國軍總醫院前，這裡有一整排藥局。

「先生，藥局到了！」我叫他，絲毫沒反應。

「先生！先生！」我用手輕推他。還是沒反應，又打了個嗝。

我放棄叫醒他，繼續上路。幾分鐘後，來到位於巷內的宮廟，廟前屋簷下掛了一整片寫著宮名的紅燈籠。

「先生，到了！」我使勁搖晃他。

幾秒後，他睜開眼坐直身體，看著窗外那片火紅燈海，說了一句：「到了哦！」

「車資一百八十五元」。我說。

他發呆了一會，彷彿訊息費盡艱辛，終於穿越酒精轟炸後的神經通道，抵達大腦中樞。接著他從左邊口袋掏出一團千元鈔，看厚度估計有六、七萬，從中慢慢抽出兩張遞給我說：「不用找了。」

我在短暫的時間裡，經歷光速般的天人交戰，勉強壓抑住不安分的右手。「先生，你拿錯了吧？這是千元鈔。」
他又花了點時間理解我的話，然後才把兩千元連同那疊鈔票收回，從右口袋摸出百元鈔給我。

回程路上，我想，就算收下那兩千元，法理上我也站得住腳，畢竟是他自願給的。不過乘人之危不義，乘人之醉也好不到哪裡去。孔子說：「汝安則為之！」我不安，所以沒拿那兩千元。雖然，心裡萬般不捨。

之二：給太少

晚上八點多，前往進化北路一家熱炒店載客。隔著馬路等紅燈時，店外燈箱上醒目的綠色啤酒瓶映入眼簾。我把車停在酒瓶下方，通知乘客已到達，開始倒數三分鐘。
兩分鐘後，一對母女從開放式的店內朝我走來。媽媽敲了副駕駛座的車窗，我降下玻璃。

「司機大哥，抱歉，請等一下，乘客在廁所。」媽媽說。

小女孩擠到媽媽身前，把頭探進來：「阿伯在廁所吐，噁……嘔噁……」她伸出舌頭模仿嘔吐的聲音。

「別搗蛋！」媽媽輕聲制止。

聽到乘客在廁所吐，憂喜參半。憂的是他醉了，喜的是至少吐過了。

沒多久，一個年輕男子扶著穿西裝的中年男子走出店外。中年男子像乩童附身般以Z字路線朝車子走來。媽媽打開後車門，年輕男子架著他，慢慢把他扶進後座。

「他不會再吐了吧？」我不安地問。

「已經吐完了，有問題直接找我。」年輕男子遞來名片：某某科技公司，汪經理。

「劉董，回去好好休息，明天再去找你。」汪經理說。

「下次換我請客……」劉董雙手緊握著汪經理的手，「找台中最好的餐廳……」

「載他到富士比飯店，麻煩送他進去，謝謝。」汪經理交代完，牽著妻女走回店裡。

用估狗地圖查了下車地點，不到一公里。

等紅燈時，劉董忽然冒出一句：「人窮，是因為沒有野心。」

「什麼？」我沒聽清楚，他又大聲地說了一次：「人窮，是因為沒有野心。」

我就是沒有野心，難怪這麼窮。最近朋友一直遊說我合夥做冷氣清洗生意，「**每天現領一萬以上！**」他信誓旦旦拍胸脯保證，我卻仍意興闌珊。

到了飯店，我扶他下車。他蹣跚地往飯店大門走去。

「劉董，車資九十元，你還沒付……」我跟上前拉住他，怕他跌倒。

他先摸了右邊西裝口袋，只有飯店房卡，又從右邊褲袋掏出十元硬幣放在我掌心，繼續往前走。

「還差八十元……」我又拉住他。

他換手掏出左邊褲袋全部的零錢，二十六元。

「劉董，你沒錢了嗎？」

「沒錢？我會沒錢？」他怒吼，揪住我的衣領不放。

僵持中，我拿出名片打給汪經理。

「喂！哪位？」電話那頭夾雜著喧鬧聲。

「我是計程車司機，乘客沒錢付車資。」我大喊，以壓過電話裡的喧鬧。

「不是這樣的，我有錢！我有錢！」劉董也跟著大喊。

汪經理要我開擴音，他先安撫劉董，再請我回店裡拿錢。爭吵聲引來路人圍觀，飯店櫃檯人員也走出來，我請他帶劉董進去。

回到熱炒店，汪經理和妻女一起出來，要我順便載他們。

車上，汪經理說劉董是他以前的老闆，夾娃娃機剛興起時，公司月賺數十萬，後來市場飽和，轉投資股票把錢全虧光了。

「以前他出手很大方，帶員工去酒店，一晚花好幾萬毫不手軟。」汪經理說，意識到老婆在旁邊，趕緊補充：「我沒去，我是聽同事說的。」

「劉董這次來台中找我借錢，大錢我沒有，小錢也沒用，只能請他吃頓飯。」汪經理惋惜地說：「他就是野心太大了。」

下車時，他連同劉董的車資，付了我三百元。

我沒有野心，但該收的錢總得收，不然就更窮了。

擔心被騙

乘客在台中高鐵站下車後，我把車臨停在抽菸區廣場樓梯底下。有些乘客抽完菸會直接走下樓梯搭車。

忽然，一個男人急速跑下樓梯，衝到我前面那輛計程車的車窗旁，不知對司機說什麼，過了一會，他朝我快速走來。

大概是短途被拒載吧，我猜。

當他出現在副駕駛座的車窗前，我問：「先生要搭車嗎？」

「司機大哥，我想請你幫個忙，剛才我太太載我來高鐵，我的手提電腦跟手機放在後座，能不能借你的手機打給她，她才剛離開。」男人說。

「拜託你幫忙一下，我要去政大做提案簡報，資料都在手提電腦裡。」我還在猶豫要不要出借手機時，他又補充了一句。

我看著眼前神情焦急的男人，身穿黃色T恤，說話時露出一口因吃檳榔而斑斑褐黑的牙齒。怎麼看，都不像是要去大學做提案的樣子，最近詐騙伎倆花樣百出，好心借人手機，結果卻莫名其妙欠了一屁股債，這種事情時有所聞。

「手機不能借你，不好意思。」我回絕了。

男人失望地往後面計程車跑去。我從後照鏡看到那名司機聽完後，冷漠地搖了搖手。

「先生！」我下車喊了一聲。他跑過來。

「你太太的電話幾號？我幫你打。」手機在我手上，至少風險低一點。男人報了號碼。

嘟……電話接通了。

「喂，你好，我是計程車司機，你先生請我轉達，喂？你聽得到嗎？」電話那頭，一陣沉默。

「你太太掛我電話欸！」我說。

「可以再打一次嗎？」男人請求我。

我又撥了一次，沒有回應。

「我曾提醒我太太，陌生人的電話不要接。」他懊惱地說，「可以再打一次看看嗎？」

我又撥了一次，仍舊沒有回應。

「你的電話幾號？」我問，「你的手機響了，她就知道你忘了帶手機。」

於是，我撥了男人的號碼。沒多久，電話接通了。

我把手機交給男人。

「喂！你幹麼把電話掛掉啦？我跟計程車司機借電話打的。我在剛才下車的地方等你，快點回來。」

掛斷後，男人要付我一百元電話費。我說不用，但他非常堅持。
很快地，他太太開車回來了。他拿了東西，火速跑上樓梯。

我把這一百元，拿去買威力彩。心想，如果中了頭獎，必定能激勵那些因為擔心被騙，而對伸出援手有所遲疑的人。
結果——什麼獎都沒中。

清楚的腦袋

「司機先生，可以預約你的車嗎？」車上的女乘客問。

「什麼時候？上下車地點呢？」我問。

「週四下午一點半，從頭汴坑北田路載到太平區公所。」女乘客說。

我迅速在腦海中盤算了一下，載客路程大約五公里，車資兩百左右。但頭汴坑在偏僻山區，無論我從台中市區的哪個地點空車過去，路程至少都在兩倍以上。只要腦袋清楚的司機，都知道這是筆不划算的生意。

我稍作沉默，正準備委婉回絕她的請求時，女乘客接著說：「是要載我媽去區公所參加車禍調解會。」

我看她年紀跟我差不多，便問：「你媽幾歲？」

「八十三。」

「你媽被撞嗎？」我說。「有一次我媽去菜市場，也被摩托車從後面撞傷過。」

「不是，是我媽開車撞傷別人。」她說。

「八十三歲還在開車？」我有些驚訝。

女乘客說，母親嫁給父親後，在頭汴坑度過了大半輩子。山裡交通不便，去市區的公車每天只有五班，站牌離家還有一段距離，甚至連計程車都叫不到。兩年前父親過世後，母親不得不接手父親的車，否則出入都成問題。

雖然她曾勸母親搬到市區，但母親總說住習慣了，拒絕她的提議。

幾個月前，孫女假日去看她，要離開時已經沒有公車了，母親只好親自開車送孫女去火車站。晚上視線不好，火車站附近人又多，加上後方的車子猛按喇叭，也造成她的壓力。右轉時，一個年輕人剛好快跑穿過馬路，孫女見狀大喊「小心」，這一喊，反倒把她嚇著了，慌亂中，誤把油門當煞車踩，車子暴衝出去，撞傷了年輕人。

雖然保險能分擔對方的醫藥費，但母親心裡非常難過，從車禍到現在，每天都去廟裡念經拜佛，祈求神明保佑年輕人手術順利，早日康復。

我不忍心問年輕人傷得多重，毫無疑問她母親須承擔全部肇責，但畢竟為無心之過，何況年紀這麼大還開車，也有不得已的苦衷。只是，倒楣了那個被撞的年輕人。

「好的，我會去載她。」我說。

我固然有清楚的腦袋，但也有惻隱之心。

捨我還有警察

深夜的熱炒店上來了一對父子。

兩人都很胖，父親像穿著T恤的彌勒佛，兒子則像縮小版的父親。

出發後，父親問兒子明天早餐想吃什麼，簡單交談了幾句，沒多久，後座就只剩兩人的打呼聲。父親的打呼聲綿長而洪亮，兒子則像父親的弱音版，兩人的鼾聲一唱一和。車子駛上74快速道路，然後開下霧峰交流道，轉進偏僻的窄巷，最後停在他們的家門口。

「先生，到了喔！」我轉頭叫他們，但鼾聲蓋過我的聲音，我只好下車繞到後座，把父親搖醒。

父親醒來左看右看，卻沒有下車的打算。「可不可以載我去附近的7-11買明天的早餐？」他說。

於是，我又返回省道上的7-11，父子倆費勁地從車裡出來，走進便利商店。我也跟著下車伸展久坐的筋骨，就在這時，看見車後方的路邊站著一對父女。

大約而立之年的父親，穿著短T和牛仔褲，每當偶爾有車輛疾駛而過，他就遲疑地舉起手上捏著的棒球帽。穿紅衣的小女孩躲在父親身後，纖瘦的身材配上茫然的臉孔。我起了好奇心，他們要攔車嗎？可是經過的車輛並不是計程車呀！

「你們要搭車嗎？」我問男人。

男人開始用柔弱的語氣跟我述說，他失業後經濟陷入困難，今天去北屯找朋友幫忙未遇，身上的錢也用完了，於是帶著女兒一路從北屯走到霧峰，女兒走不動了，才試看看能否攔到免費的便車。

我拿出手機查了地圖，從北屯走到這裡是……四小時的路程！別說小女生，連我都走不動。

又有幾輛車駛過，男人仍低舉著手，像座關節鬆脫的雕像。

「深夜不太有司機會讓陌生人搭便車的，你們要去哪？」我問。

「南投的軍功橋。」他說。

我輸入軍功橋查看地圖，又是一個四小時的徒步路程！

我看了在超商裡的那對父子，兩人站在熟食區，拿起商品又放回去，好像不知道該挑什麼當早餐。短暫的沉默後，我對男人說：「這樣吧，我要載乘客到附近，如果回來時你們還沒攔到車，我就載你們。」

當父子倆提著兩袋食物上車後，我卻後悔剛才衝動所做的承諾了。

實在難以理解這年頭，怎麼可能窮到連坐公車的錢都沒有呢？

該不會是詐騙吧？但我無法想像這樣的情況，會有什麼詐騙套路？

思路左右撞壁，找不到出口。於是，父子下車後，我決定打一一〇報警。

電話接通後，我說：「霧峰中正區的亞大7-11，有一對父女身上沒錢，站在路邊攔便車，可能需要幫助。」

警察問：「你在哪個縣市？」

我心想現在是什麼情況？這不是霧峰警察局嗎？

「我是台北的勤務指揮中心，我會幫你轉達轄區警員。」

難道全台灣報案的電話，都會先打到台北嗎？真是難以理解，接那麼多電話，不會忙到暈頭轉向？

稍後，我經過7-11時，那對父女已經不在了。前方，一輛閃著警示燈的警車開過去，或許他們已經上了警車。不管是真的需要幫助，還是想詐騙，警察應該都能妥善處理。而我只覺得自己老了，老到沒有捨我其誰的助人熱情，只想趕快回家餵貓、睡覺。

後來，我偶然看到這對父女的新聞報導：

陳姓男子原在台中市打零工，收入微薄，為了節省開銷，父女倆於當晚八點多出發，試圖徒步走回南投老家。巡邏員警發現後，將兩人帶回派出所休息，並自掏腰包捐出五百元給予資助。

你累了嗎？

傍晚，一個男人從肯德基前上車，帶進一股濃厚的炸雞味。一上車就跟我說他幹了件蠢事——他把摩托車鑰匙鎖在椅座下的置物箱，要回家拿備用鑰匙再回來騎車。

窗外飄著細雨，但車內的炸雞味實在太重，我跟男人說得開窗透透氣，否則味道會在車裡盤據一整晚。他笑著說沒問題，並解釋今天是小女兒生日，所以買了炸雞桶給她慶生。

男人的家並不遠，但因為是矮房住宅區，狹窄曲折的巷弄被下班返家的車輛停得水洩不通，一番折騰才順利抵達。男人抱著炸雞桶跟飲料下車，走進小小的前院，透過窗戶可以看到屋內電視正播著《蠟筆小新》，小新陰陽怪氣的說話聲清晰可聞。三個小孩坐成一排盯著螢幕，聽見電鈴同時轉頭，快速起身開門，將男人圍住。兩個像同一個模子印出來的男孩搶走了炸雞桶，小女孩哭著喊：「那是買給我的！」男人喝斥男孩，兄弟倆各自拿了一支雞腿後，才把炸雞桶歸還給妹妹。其中一個男孩轉開可樂瓶蓋，對嘴喝了起來，小女孩又向男人抗議，過了一會，男人拿出三個形狀各異的馬克杯，倒滿可樂放在桌上，然後走出家門，重新上車。

穿梭在巷弄間，我回想著剛才的天倫之樂，卻覺得少了什麼。接著才意識到畫面中少了女主人。

「你太太還沒下班嗎？」我順口問了一句。

男人沒有回答，我察覺到自己失言，於是就不再追問。

回到肯德基後，他伸手進夾克左邊口袋，接著又摸右邊口袋，難堪地說：「司機大哥，我又幹了一件蠢事。」

「你沒帶錢？」我試探地問。

「不是……」他搖頭，「我忘了拿鑰匙。」

「啊？天哪！」我忍不住驚呼。

男人以為我在哀嘆又得載他回去一次，不斷向我致歉。其實跳表計費，多跑一趟對我沒差，只是可惜了他白花冤枉錢。

回程路上，他才開口提及自己去年剛離婚，雖然前妻假日會來帶小孩出去玩，但平常的照顧全落在他身上，目前還在摸索如何適應獨自養育三個孩子的生活。

回到家，小女孩哭著開門，向男人投訴哥哥們把蛋撻藏起來了。男人拽著兩個男孩進房，沒多久走出來，把放著蛋撻的盤子遞給小女孩，再度關上門，上車。

「這次鑰匙拿了嗎？」我不放心地問。

腦海中忽然閃過蠻牛的廣告畫面——「**你累了嗎？**」

地獄與天堂

下午，我接到火車站的叫車單。

車子剛到站前廣場停下，已經等候在那的一家人立刻湧上來。壯碩的爸爸率先打開副駕駛座車門擠進來，他一坐定就開始玩起手遊，槍砲聲大作，車內瞬間有種置身槍林彈雨的臨場感。

接著，後車門被打開，首先進來的是一個大約國中年紀、打扮新潮的男生，戴著耳環，耳環上方的短髮犁出兩道溝。他挪到我身後，默不作聲地看著車窗外的風景。隨後，兩個大約小學低年級或幼兒園年紀的孩子上來，小女孩手裡拿著一包打開的零食。我正煩惱該怎麼勸阻她不要在車上吃東西時，小男孩以閃電的速度搶走了零食，小女孩立即大哭：「哥哥搶我的東西！」

站在車旁，有米其林手臂的媽媽探頭進來，叫小男孩把零食還給妹妹，小男孩不肯。國中生忽然轉過身來，把零食搶走，然後悶聲繼續望著窗外，這下小男孩也哭了。槍砲聲中，兩個小孩的哭號彷彿在烘托戰況的慘烈。

媽媽手抱嬰兒，把哭聲不絕的兩個孩子往車裡推，也只能塞進半個身體，最後讓小男孩坐國中生腿上，才勉強把另一半身子擠進來。媽媽關上車門的剎那，我開始擔心，一場地獄之旅即將啟程。

「你們人數太多，這樣超載了。」我忍不住對爸爸抱怨。

爸爸的眼睛始終緊盯手機螢幕，一邊跟我說：「拜託通融一下嘛！剛才叫車時，有跟接電話的小姐說會多付五十元小費。」

接電話？什麼小姐？我這是手機程式叫車啊。

我看了叫車單上的下車地點：「你們要去大雅區嗎？」

「不是欸，我們要去大里區。」媽媽說。

此時，我接到一位小姐的電話，說我載錯人了，她才是乘客，就站在前方不遠處。

「白痴哦！不是這輛啦！」國中男生不爽地說。

於是，一家人照著上車時的反向順序陸續下車。小孩仍在哭，爸爸的視線始終沒離開手機，車內消失的巴哈 G 弦之歌再次響起。

我往前開了一點，讓一名留著俏麗短髮的女乘客上車。

「去大雅區，對嗎？」我邊問邊透過右後照鏡，看著後面那一家人。一輛黃色計程車正緩緩挨近他們。

此刻，前往大雅區，簡直就和上天堂無異。

徬徨的年輕人

傍晚，在一中街口上來一個年輕人，臉上青春痘尚未褪盡，身形消瘦單薄，看起來約二十歲。他說要到「瞞著爹」，我心想——這是撞球間還是電玩店嗎？不然幹麼要瞞著爹呢？

問他地址，他說不知道，同時把手機給我看。螢幕上是求職網站，徵外場及學徒，無經驗可，底薪兩萬八。網頁沒寫地址，只有聯絡電話，於是我撥了號碼。

「你好，瞞著爹。」接電話的人說。好怪的開場，像是我要背著老爸去幹什麼勾當似的。不過，退伍後我倒真的瞞著我爹，偷偷報考大學哲學系。

「喂，我是計程車司機，車上有個年輕人要去應徵，請問店裡的地址？」

「抱歉，我們不接受現場應徵，麻煩他先在求職網頁上填履歷，總公司會有人和他聯絡。」對方說完，便掛斷電話。

我轉述了對方的話，問他：「你要去應徵工作，不先打電話確認嗎？」他無言以對，低頭滑手機，像是在找能馬上面試的店家。我陪著他瀏覽林林總總的徵才啟事，最後，他抬頭問：「司機大哥，你知道哪裡有能立即上班的工作嗎？」

我怎麼知道呢？我只是個計程車司機呀！

他失望地下了車，我沒收他車資。在等紅燈的時間裡，他呆站在車旁，我忽然看見二十一歲時的自己，工專即將畢業，虛度了五年青春在不感興趣的學科上，又不知道未來可以做什麼，記憶瞬間從塵封的歲月深處翻騰而上。雖然折騰了二十分鐘，最後毫無進帳，但我卻仍為這個徬徨茫然的年輕人感到揪心。

深夜搬家

深夜一點，回家的路上，一個女生忽然從暗巷冒出來攔車。我慢慢靠邊停下，她跑過來問：「我要載一點東西，可以嗎？」

「好啊。」於是我把車開進巷內，停在門口立著「套房出租」牌子的大樓前。

她說要上樓拿東西，請我稍等一下。是一個原住民女生。

一分鐘、兩分鐘、三分鐘過去了，這「**一下**」還真不只是一下。

終於，她打開樓下大門。她的「**一點東西**」也不只一點，窄小的電梯裡塞滿了物品。

她開始把「一點東西」搬上車——棉被、枕頭、鞋子、電風扇、三籃衣服……後車廂塞滿後，繼續往後座堆。

我看她搬得慢，便下車幫忙。原本還擔心她半夜叫計程車來闖空門，但偷枕頭棉被實在沒道理。

不過我沒有嫌費事而離開，最主要原因是，我也曾半夜搬家過。

大學時，有次夜裡和女友吵得極為慘烈，她開瓦斯威脅要同歸於盡，差點家破人亡，不得不請她母親遠道而來將其帶回安撫。我趕緊趁休兵緩衝的空檔，租了台小貨車，連夜搬空所有家當。雖說是搬家，狗急跳牆找到的新家也就離百來公尺遠而已。

在七個小矮人布偶全數擠進副駕駛座後，女生跨上摩托車騎在我前面，朝著新家出發。穿行過無數悄然沉睡的夢境，到達目的地，我和她一起把塞滿整車的「一點東西」搬下來，暫置路旁。

我心想，不管是什麼原因必須在深夜搬家，祝福她，從現在起，能有一個嶄新的人生。

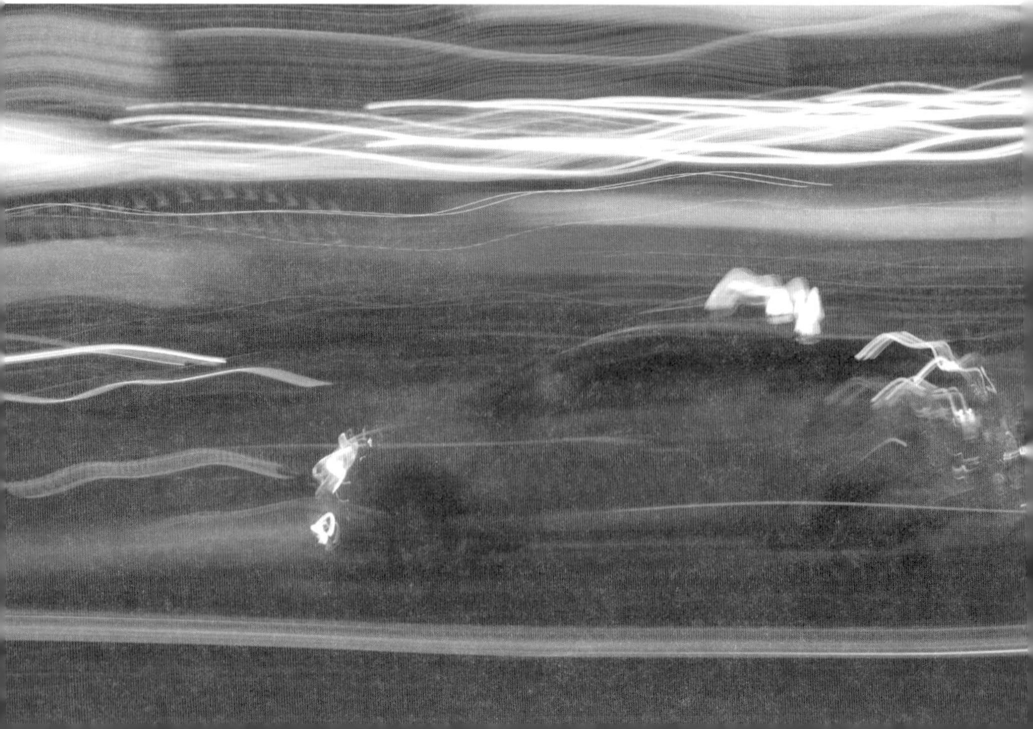

【後記】

無心插柳柳成蔭

這本書裡的文章，大多來自我二〇一八年在臉書發表的貼文。那一年，我仿效謝德慶的「一年行為藝術表演」，幾乎每天都開計程車，並在臉書上記錄所見所聞。臉友對這些貼文的反應，熱烈到讓我深感挫折。在這些不務正業的書寫空檔，我偶爾回歸本行，發表專業的攝影作品，卻只換來稀稀落落的讚賞。大家都說，別搞攝影了，開計程車、寫些有趣的故事比較適合你。彷彿旁觀者清，我無心插柳，結果那樹蔭下倒意外的乘涼者眾。

這些熱烈回響中，也包括幾位出版社的朋友，找我洽談出書的可能。曾與我合作過的聯經主編芳瑜，在書稿整理方面提供了許多寶貴意見，沒想到後來竟因病辭世，令我不勝唏噓。我向來易被虛無意識所侷限，總覺得少我一本書，太陽仍照常升起，不出亦無妨。況且世間好書那麼多，我又何必魚目混珠？幾位跟我接洽的編輯三催四請，卻始終只聞樓梯響，最後也就知趣地不再追問了。

就在此事沉寂五年後，寶瓶文化的社長亞君再次來訊，詢問我是否仍有出版意願。經過她態度溫和卻意志堅定的催請，五個月後，我終於交出書稿。如果沒有她的敦促，這些承載悲歡離合的文字，恐怕終將束之高閣，永無躍於紙上的可能。

現今社會愈來愈強調個體化與獨創性，實際上個體若脫離他人，連生存都有困難，更別說能創造出什麼來。這本書從無到有，必須感謝許多人的協助，當我還是個菜鳥司機時，計程車行的林淑婷小姐、同業林士藝先生，以及多位資深司機的指點，讓我迅速進入狀況，從中賺到錢，養活了自己。在衣食足的前提下，才能進一步談衍生的人文關懷。

我一向認為人生是場悲喜劇，而報喜不報憂、歌功頌德，始終是社會主流價值。我則反其道而行，試圖在憂苦掙扎的陰暗中，尋找人性的希望與昇華。歷經七年的歲月淘洗，書中述及的人物或許早已忘記當時發生過的種種，但其中所隱含的永恆人性，卻將歷久彌新。

書中的人與事，我盡可能像一台不帶立場的錄影機，客觀地記錄一切。因此，乘客的台語對話，我嘗試以音譯方式還原當時情境，希望讓讀者有身歷其境的臨場感。若以國語改寫台語對話，其獨特的微妙語韻必將在轉換中流失。惟對於這種方式難以兼顧不懂台語的讀者，我深表歉意。

非常感謝我的母親，在那個講台語會被學校罰錢的孩童時代，是她教會了我台語。我與母親同住，她總在我匆忙出門載客之際叮囑我：「開車愛細膩，莫去弄著別郎。毋通烏白停車，無，會去予警察開罰單。腹肚么就愛食物件，才袂打壞身體……」話還沒交代完，我早已走遠了。不久前她在睡夢中猝逝，如今伴我出門的，僅剩空洞的寂靜。

最後，感謝寶瓶的執行編輯祉萱，在校稿過程中耐心協助，薰衣草森林董事長王村煌、作家姜泰宇為本書作序，以及多位賢達掛名推薦。還有難以數計，沒有留下故事、消失於茫茫人海中的搭車乘客，他們是支持我完成本書的隱性存在。借用作家陳之藩的話來說：需要感謝的人太多了，就感謝天罷。

國家圖書館預行編目資料

莊子在車上：當念哲學的攝影師開起計程車/郭定原著. -- 初版. -- 臺北市 : 寶瓶文化事業股份有限公司, 2025.6
面； 公分. -- (Vision ; 278)
ISBN 978-986-406-471-7(平裝)

863.55 114003460

Vision 278

莊子在車上
——當念哲學的攝影師開起計程車

作者／郭定原

發行人／張寶琴
社長兼總編輯／朱亞君
副總編輯／張純玲
主編／丁慧瑋
編輯／林婕伃・李祉萱
美術主編／林慧雯
校對／李祉萱・陳佩伶・劉素芬・郭定原
營銷部主任／林歆婕 業務專員／林裕翔 企劃專員／楊展
財務／莊玉萍
出版者／寶瓶文化事業股份有限公司
地址／台北市110信義區基隆路一段180號8樓
電話／(02)27494988 傳真／(02)27495072
郵政劃撥／19446403 寶瓶文化事業股份有限公司
印刷廠／世和印製企業有限公司
總經銷／大和書報圖書股份有限公司 電話／(02)89902588
地址／新北市新莊區五工五路2號 傳真／(02)22997900
E-mail／aquarius@udngroup.com

法律顧問／理律法律事務所陳長文律師、蔣大中律師
如有破損或裝訂錯誤，請寄回本公司更換
著作完成日期／二〇二五年三月
初版一刷[8]日期／二〇二五年六月二十三日

ISBN／978-986-406-471-7
定價／三七〇元

寶瓶文化·愛書人卡

感謝您熱心的為我們填寫，對您的意見，我們會認真的加以參考，
希望寶瓶文化推出的每一本書，都能得到您的肯定與永遠的支持。

系列：Vision 278　書名：莊子在車上——當念哲學的攝影師開起計程車

1. 姓名：______________________性別：□男　□女

2. 生日：_____年_____月_____日

3. 教育程度：□大學以上　□大學　□專科　□高中、高職　□高中職以下

4. 職業：____

5. 聯絡地址：____

聯絡電話：____

6. E-mail信箱：____

□同意　□不同意　免費獲得寶瓶文化叢書訊息

7. 購買日期：_____年_____月_____日

8. 您得知本書的管道：□報紙／雜誌　□電視／電台　□親友介紹　□逛書店
□網路　□傳單／海報　□廣告　□瓶中書電子報　□其他

9. 您在哪裡買到本書：□書店，店名________________________
□劃撥　□現場活動　□贈書
□網路購書，網站名稱：________________________　□其他

10. 對本書的建議：____
____
____
____

11.希望我們未來出版哪一類的書籍：____
____

（請沿此虛線剪下）

亦可用線上表單。

寶瓶　讓文字與書寫的聲音大鳴大放

寶瓶文化事業股份有限公司

廣 告 回 函
北區郵政管理局登記
證北台字15345號
免貼郵票

寶瓶文化事業股份有限公司 收

110台北市信義區基隆路一段180號8樓

8F,180 KEELUNG RD.,SEC.1,

TAIPEI.(110)TAIWAN R.O.C.

（請沿虛線對折後寄回，或傳真至02-27495072。謝謝）